Für Heinz-Otto Döringer und
Werner Michaeli †
zwei bekennende Leitzianer*

2. Auflage
©2023 Heide-Renate Döringer
Elsie Kühn-Leitz

Satz und Layout, Titelgestaltung:
eretier | grafische gestaltung
www.eretier.de

Herstellung und Verlag:
BoD - Books on Demand, Norderstedt
ISBN: 9783753420165

Bibliographische Informationen
der Deutschen Nationalbibliothek
www.dnb.de

Heide-Renate Döringer

Elsie Kühn-Leitz
1903-1985

DIE MENSCHLICHE – DIE VERSÖHNLICHE

Lebensbild einer außergewöhnlichen Frau

Oberursel 2023

Leitspruch

»*Ich lebe mein Leben in wachsenden Ringen,
Die sich über die Dinge ziehn.
Ich werde den letzten vielleicht nicht vollbringen,
Aber versuchen will ich ihn.*«

Rainer-Maria Rilke

Vorwort

Wetzlar – Goethe-Stadt oder Leitz-Stadt – für mich war es immer letzteres, da mein Ehemann Heinz-Otto Döringer mit der Firma Leitz eng verbunden war. Sein Großvater und sein Vater Heinrich Döringer Senior und Junior waren Buchbindermeister und Photographen mit Atelier seit 1888 in Oberursel. In den 20er Jahren des neuen Jahrhunderts eröffneten sie ein eigenes Photogeschäft und wurden ab 1930 offizielle LEICA-Händler.

Mein Mann schloss die klassische »Leitz Ausbildung« zum »Technischen Kaufmann für Feinmechanik und Optik« in drei- statt vierjähriger Lehre und Unterricht an der Werkschule LEITZ mit IHK-Zertifikat ab. Er durchlief fast sämtliche Abteilungen des Unternehmens mit je ein bis drei Wochen praktischer Mitarbeit in Produktion, Verwaltung, Verkauf und Anwendungstechnik. Neben hunderten von Mitarbeitern, Abteilungsleitern, Bereichsleitern und Mitgliedern der Geschäftsleitung lernte er, insbesondere beim Mittagessen bei »Mutti« im Casino, in der Werkschule und auf vielen Partys die Kollegen mit der gleichen Ausbildung und die Praktikanten der ausländischen Leitz-Vertretungen kennen. So fühlte er sich bald als echter Leitzianer. Viele dieser Kollegen aus dem In- und Ausland wurden zu lebenslangen Freunden. Der engste von allen war der geborene Wetzlarer Werner Michaeli. Werners Großvater war schon in der Produktion bei Leitz tätig und Vater Georg (Schorsch) Michaeli war der erfolgreiche »Technische Kaufmann« und an allen deutschen Universitäten, Hochschulen und Instituten als Repräsentant für die relevanten LEITZ-Produkte bekannt wie »ein bunter Hund«. Werner, mit der Leitz-Ausbildung in Technik, Feinmechanik und Optik, erwarb später die Firma »EMO-Optik - Arthur Seibert Produktion und Vertrieb Emoskop und Lupen«.

1961/62 musste mein Mann zum Wehrdienst, studierte danach Business Englisch in Eastbourne und London und an der Akademie für Welthandel mit dem Abschluss Exportkaufmann. Mitte der 60er Jahre kam er über die Export Abteilung Leitz und durch Gespräche mit Dr. Freund und Günther Leitz zu OPTOTECHNIK nach Wien. Von dort aus war er für den Vertrieb der wissenschaftlichen Leitz Produkte in Österreich und Osteuropa zuständig. Schwerpunkt war die Kontaktpflege auf Messen und auf vielen Reisen zu den potentiellen Anwendern, Ministerien und Abnehmern in den Ostblock-Ländern.

Die alle zwei Jahre in Köln stattfindende Photokina. Messe für Fotografie, Video und Imaging war ab den 70er Jahren ein fester Termin in unserem Familien-Kalender. Während mein Mann, als Fotohändler und Ringfoto Verwaltungsrat, stets eine ganze Woche dort verbrachte, besuchten unsere Söhne und ich am Wochenende diese faszinierende Ausstellung und kehrten dabei stets auf dem Leitz-Stand und bei Werner Michaeli EMO Optik ein.

In Wetzlar und in der umfangreichen Literatur zu den LEITZ-Werken sind die Firmeninhaber Ernst Leitz I bis Ernst Leitz III ebenso wie Knut Kühn-Leitz omnipräsent, Elsie Kühn-Leitz jedoch, die Tochter von Ernst Leitz II, wird kaum erwähnt. Allein ihr Schwiegersohn, Klaus Otto Nass, hat mit seinem Buch Mut zur Menschlichkeit dieser bemerkenswerten Frau Achtung erwiesen. Diese Lektüre hat mich fasziniert und dazu bewogen, mich einmal selbst auf Spurensuche zu begeben.

Das folgende Lebensbild zeigt eine engagierte, intelligente, mitfühlende und weltoffene Frau, für die nur der Mensch zählte, sei er Zwangsarbeiter, Gefängnisinsasse, Künstler, Staatsmann, Europäer oder Afrikaner.

Elsie Kühn-Leitz hat in ihrem Leben zahlreiche Höhen und Tiefen erlebt. Ihren Versuch der Beihilfe zur Flucht einer Jüdin, den Besuch im Gefangenenlager und die schlimme Zeit im Gestapo-Gefängnis hat sie selbst schriftlich festgehalten. Diese schrecklichen Erlebnisse werden im Buch zum großen Teil wörtlich wiedergegeben, ebenso wie die Erinnerungen von Freunden und Angestellten im Haus Friedwart. Zusätzlich bezeugen Kopien von Urkunden, Ehrenbriefen und Gedenktafeln die Anerkennung der Leistungen dieser außergewöhnlichen Frau.

Inhalt

Matthäus Merian: Wetzlar 1646.

Wetzlar

Wetzlar ist eine Stadt in Mittelhessen, die am Zusammenfluss von Lahn, Dill und Wetzbach liegt. Der Ort hat eine lange, wechselvolle Geschichte, denn obwohl erst im 12. Jahrhundert urkundlich erwähnt, erzählen archäologische Funde aus dem 8. Jahrhundert schon von einer Siedlung an dieser Stelle.

Das Leben der Menschen war einfach, neben dem Ackerbau produzierte man Leinen und handelte damit. Die mittelalterliche Kleinstadt erhielt erst eine gewisse Bedeutung, als sie zum Sitz des Reichskammergerichtes (1689-1806) erwählt wurde. Für die zugezogenen Kammergerichtsangehörigen mussten neue Wohnhäuser gebaut werden, und mit den hochwohlgeborenen Personen entwickelte sich das gesellschaftliche Leben. Nun gab es Empfänge, Konzerte, Theateraufführungen und Bälle; besonders die *Visitation*, die jährlich vorgenommene Evaluierung des Reichskammergerichtes, erregte im ganzen Reich Aufmerksamkeit. Plötzlich stand Wetzlar im Mittelpunkt des Interesses, und die einfachen Bürger staunten beim Anblick der Soldaten in farbenprächtigen Uniformen und der illustren Gäste. Zur Visitation reisten kaiserliche Kommissare an und konferierten mit Kurfürsten, Fürsten und Vertretern der Reichsstädte.

Auch junge Juristen, vor allem Praktikanten, die eine Zeit lang die Arbeit des Reichskammergerichtes studieren und Erfahrungen sammeln wollten, kamen nach Wetzlar. Der berühmteste unter ihnen war Johann Wolfgang Goethe, der nur einen kurzen Sommer, von Mitte Mai bis 11. September 1772 hier verbrachte. Nach Abschluss seiner Studien in Straßburg hospitierte er nun am Kammergericht, was ihm nicht sonderlich gefiel, aber er begeisterte sich für die liebliche Landschaft, die herrliche Natur und die urwüchsigen Menschen.

Als er die hübsche Charlotte Buff, Tochter eines Deutschordenamtsmannes, kennenlernte, verliebte er sich unsterblich; die junge Dame war jedoch verlobt und Goethe musste schweren Herzens entsagen. In seinem Briefroman »Die Leiden des jungen Werther« schildert er seine Erlebnisse in Wetzlar und wird als junger Dichter schnell weltberühmt, ebenso wie die Stadt Wetzlar selbst, die sich fortan stolz *Goethe-Stadt* nennt.

Mit der Auflösung des Kammergerichts verarmte Wetzlar schnell, und erst infolge der Schiffbarmachung der Lahn (um 1849), des Ausbaus der Bahnstrecken Gießen-Wetzlar-Köln-Deutz (um 1862) und Koblenz-Wetzlar-Gießen (um 1863) trat mit der beginnenden Industrialisierung ein enormer wirtschaftlicher Aufschwung ein. 1867 begann das Gießereiwesen in der Stadt und 1872 eröffnete Buderus den ersten Hochofen.

Um diese Zeit kam auch der junge Ernst Leitz in die Stadt an der Lahn und ahnte noch nicht, dass sich aus einer kleinen Werkstatt im Laufe der Jahre das Leitz-Imperium entwickeln sollte.

I.
Familiengeschichte

Die Familie Leitz stammt ursprünglich aus Pforzheim, und ihr Stammbaum lässt sich zurückverfolgen bis auf Peter Michael Leitz, der zu Beginn des Dreißigjährigen Krieges (1618-1648) dort ansässig war. Der Vater des bekannten Ernst Leitz I aus Wetzlar war Ernst August Leitz (1802-1872), ein streng religiöser und gewissenhafter Lehrer und Erzieher. Im Jahre 1829 nahm dieser eine Stelle in dem südbadischen Städtchen Sulzbach an, wo er sich 1838 mit Christina Döbelin vermählte. Auf einer der letzten Seiten der Familienbibel von Christina und Ernst August befindet sich die schlichte Eintragung: *Unser Sohn Ernst wurde am 26. April 1843 vormittags 10 1/2 geboren.* Zwei Schwestern sind Ernst schon vorausgegangen und ein Bruder folgt noch.

Ernst Leitz I (Gemälde)
Ludwig Leitz, Ernst Leitz II
Knut Kühn-Leitz und Ernst Leitz III

Ernst Leitz I
1843-1920

Sehnlichster Wunsch der Eltern ist es, dass ihr erster Sohn Theologie studiert, aber der hat andere Neigungen. Schon in jungen Jahren zeigt Ernst eine praktische Veranlagung, die ihn für einen technischen Beruf geradezu prädestiniert. Nur ungern gibt der Vater den Plänen seines Sohnes nach und nimmt Kontakt zu seinem Bekannten, dem Instrumentenbauer Christian Ludwig Oechsle in Pforzheim, auf. In dessen renommierter »Werkstätte für physikalische Instrumente« kann Ernst sein handwerkliches Rüstzeug erwerben und gleichzeitig die dortige Gewerbeschule besuchen. Als Geselle geht er nach herkömmlichem Brauch auf die Wanderschaft, zuerst in die Schweiz nach Genf und Zürich, wo er seine Erfahrungen und Kenntnisse auf dem Gebiet der Uhrenherstellung, die höchste Präzision verlangt, erweitert. Zusammen mit seinem Freund Karl Junker aus Gießen macht er sich anschließend auf den Weg nach Paris, und ohne es zu merken werden dabei die Weichen für sein späteres Leben gestellt. Karl erzählt ihm nämlich unterwegs von der bescheidenen Werkstätte eines Friedrich Christian Belthle in Wetzlar, in welcher Mikroskope hergestellt werden. Ernst Leitz findet die Information seines Kumpels interessant und beschließt, in die kleine Stadt an der Lahn zu reisen.

Stadtansicht Wetzlars
von Nordosten

Stahlstich um 1850

*H*ier in Wetzlar beginnt für den 21jährigen Mechaniker-Gesellen in dem von Carl Kellner gegründeten und von Belthle übernommenen Optischen Institut eine interessante Zeit. Neun Mitarbeiter gibt es, aber die Firma steckt in großen finanziellen Schwierigkeiten. Da muss Ernst Leitz eine Entscheidung treffen und geht ein Risiko ein: Mit den Ersparnissen seiner Familie wird er gezwungenermaßen zunächst einmal Teilhaber an der kleinen Werkstatt, die sonst untergegangen wäre. Im Jahre 1869 ändert sich wieder alles, denn kurz vor dem frühen Tod des Eigentümers Friedrich Belthle bestimmt dieser Ernst Leitz zum Alleininhaber der Firma.

Mittlerweile hat Ernst Leitz auch sein persönliches Glück in Wetzlar gefunden. Er verliebt sich in Anna Maria Antoinette Ferdinandine Löhr, und am 5. März 1867 findet die Hochzeit statt. Anna, die Tochter eines Weißgerbermeisters, wird ihm eine hilfreiche Lebensgefährtin; sie ist eine kluge, arbeitsame und sparsame Frau mit pragmatischer Lebensanschauung und dem Herz auf dem rechten Fleck. Es heißt, dass Anna in den Anfängen selbst nach Feierabend die Werkstattfenster putzte, dass sie jeden neu aufzunehmenden Mechaniker bei der obligatorischen Tasse Kaffee in Augenschein nahm und die Lehrlingsbewerber persönlich aussuchte. Heimlich soll sie auch schon mal einem in Not geratenen Arbeiter Geld in die Manteltasche gesteckt haben. Nicht zuletzt ist es ihrem fraulichen und verständnisvollen Wesen zu verdanken, dass in den schwierigen Jahren des Aufstiegs der Firma Leitz, wie das Optische Institut nun heißt, eine Atmosphäre des Vertrauens und der Geborgenheit geschaffen wird, die für dieses Werk jahrzehntelang charakteristisch geblieben ist.[2]

Noch im Jahre 1867 zieht die Familie aus den engen gemieteten Räumen in der Wetzlarer Innenstadt in ein eigenes Wohnhaus außerhalb der Stadtmauern am Kalsmunttor.[3] Vier Kinder wachsen hier

Ernst Leitz   Anna Leitz[1]

auf, die beiden Söhne Ludwig und Ernst mit ihren jüngeren Schwestern Ella und Anna. Das neue Haus mit seiner Werkstatt im Untergeschoss steht inmitten stiller Obstgärten, und die Kinder genießen das Spielen in freier Natur.

Beide Söhne sollen in die Fußstapfen des Vaters treten, was sie gerne tun, wenn ihre Lehrjahre auch nicht leicht sind.

Max Weise, geboren 1871, arbeitete von 1896 bis 1936 als Werkmeister bei Leitz. Er berichtet:

Vor 53 Jahren kam ich von Chemnitz nach Wetzlar und sagte mir in Chemnitz bei meiner Abreise, ich gebe der Firma Leitz in Wetzlar eine Gastrolle. Es war mein 16. Arbeitsplatz, den ich somit beziehen wollte. In Wetzlar angekommen war der Eindruck über dieses Landstädtchen der denkbar unangenehmste. Nur 8000 Einwohner, alle großstädtischen Bildungs- und Vergnügungsmöglichkeiten fehlten. Die einzige Sensation, die man dort als ungewöhnlich antraf, waren die

Eisensteinwagen, die täglich über den Eisenmarkt fuhren und die Pflaster derartig verkuppelten, dass unsere Damen mit ihren Schuhen oft dazwischen stecken blieben.

Der Eindruck über Wetzlar wurde jedoch ein anderer als man einige Wochen bei der Firma beschäftigt war ...

Die Arbeitsverhältnisse bei der Firma Leitz waren einzig in ihrer Art. In den 15 Arbeitsplätzen, die ich bereits durchlaufen hatte, hatte ich ein derartiges Verhältnis nie vorgefunden. Es gab keine geschlossenen Tore, man konnte kommen und gehen zur Arbeit nach Belieben. Bauersfrauen kamen mit Butter, Eiern, Käse, Obst in die Werkstätten. Der Schützengartenwirt kam zum Frühstück mit einem Tablett voll Essbarem, die Barbiere kamen wöchentlich dreimal und übten ihren Beruf aus. Es waren zwei Brausebäder vorhanden, in denen man sich während der Arbeitszeit erholen konnte. Der Seniorchef war in seiner Jugend selbst als Mechanikergehilfe tätig gewesen und hatte herausgefunden, wie man junge Leute an ihrem Arbeitsplatz in einer Stadt wie Wetzlar festhält.

Jeder in der Werkstatt bekam ein Muster, das er vervielfältigen musste und hatte sich dazu sein Werkzeug und Einrichtungen selbst herzustellen. So lag es an ihm, sich die Sachen so herzustellen, dass er vorteilhaft arbeiten konnte. Das gleiche Arbeitsstück war immer und immer wieder anzufertigen und durch die Fertigkeit, die man dadurch bekam, konnte man auch im Akkord den allgemeinen Wochenverdienst verdoppeln oder auch verdreifachen und sich deshalb ab und an auch einen BLAUEN leisten. So kam es vor, wenn der alte Herr Leitz in den Werkstäten mal niemand vorfand, dass er auch in den Schützengarten kam und ein Bier mit uns trank.

Wir alle sind in Wetzlar geblieben, sind bodenständig geworden, haben Wetzlarer Bürgerstöchter geheiratet und uns Häuser gebaut, wobei uns der alte Chef mit einer Hypothek half.[4]

Noch in den 1950er Jahren erfolgte die Lehre nach gleichem Muster.[5]

Ludwig Leitz
1867-1898

Im Jahre 1888 nimmt Ernst Leitz seinen ältesten Sohn Ludwig als Mitarbeiter in die Firma auf. Mit zähem Fleiß vervollkommnet der junge Mann seine in der Schule erworbenen Sprachkenntnisse so weit, dass er sowohl die englische als auch die französische Sprache wie seine Muttersprache beherrscht. Im Unternehmen erwirbt Ludwig sich bei der Entwicklung der Mikrofotografie besondere Verdienste und verhilft dem Werk durch die Errichtung von Zweiggeschäften zu einem außerordentlichen Aufschwung. Auf ausgedehnten Reisen besucht Ludwig Leitz die wissenschaftlichen Institute von Universitäten in Frankreich, Italien, England und Russland; zweimal fährt er auch in die Vereinigten Staaten von Amerika. Seine große Vertrautheit mit dem Mikroskop, seine Überzeugung von der Leistung der Erzeugnisse seines Hauses, die er oft mit denen anderer Firmen vergleichen kann, machen es ihm leicht, für die Produkte des Wetzlarer Werkes zu werben. Zusammen mit William Kraft, der ebenfalls aus Wetzlar stammt, bewerkstelligt Ludwig Leitz die Errichtung einer Zweigstelle in New York (1895). Diese Niederlassung wird in den 30er Jahren des nächsten Jahrhunderts der rettende Hafen für unendlich viele Menschen aus Deutschland werden. Bald ist die *Firma Leitz* weltweit ein Begriff.[6]

Des Vaters Wahlspruch
»Die Welt ist mein Feld!«
ist Wirklichkeit geworden.

Doch das Glück währt nicht lange. Im Frühjahr 1898 stürzt Ludwig unglücklich mit seinem Pferd und ein Schädelbruch führt zu monatelanger Krankheit und dem Tod am 6. November 1898.

Die Familie, die Mitarbeiter der Firma und viele Wetzlarer Bürger trauern.

Todes-Anzeige.

Heute früh 4 Uhr starb unerwartet in der Klink in Gießen an den Folgen eines Sturzes durch Gehirnlähmung unser innigstgeliebter Gatte, Vater, Sohn und Bruder

Ludwig Leitz

im Alter von 31 Jahren.

Wetzlar, 6. November 1889

Die trauernden Hinterbliebenen

Die Beerdigung findet Mittwoch, den 9. November, Vormittags 11 Uhr von der Friedhofskapelle aus statt.

Nachruf.

Am 6. ds. Monats wurde unser allverehrter

Herr Ludwig Leitz

nach schweren Leiden in die Ewigkeit abberufen. Wir betrauern in dem zu früh Verstorbenen einen rastlos vorwärts strebenden, von strengster Pflichterfüllung durchdrungenen, sowie von Humanität und Liebenswürdigkeit geleiteten Chef, der sich allein durch diese Eigenschaften in unseren Herzen ein unvergessliches Denkmal gesetzt hat.

Er ruhe in Frieden!

Das gesamte Personal der Firma Leitz

Ernst Leitz II
1871-1956

Am 1. März 1871, während alle Glocken des Wetzlarer Doms den Einmarsch der deutschen Truppen in Paris und damit das siegreiche Ende des Deutsch-Französischen Krieges verkündigen, wird in der oberen Altstadt Ernst als zweiter Sohn geboren.

Ernst Leitz II durchläuft genau wie sein älterer Bruder Ludwig eine Ausbildung in sämtlichen Abteilungen des Leitz-Werks in Wetzlar. Die Nähe zu Betrieb, Werkstätten und Kunden befähigt ihn, technische Fortschritte und ihre Anwendungsbedeutung sicher zu erkennen und die Erkenntnisse in Produkte umzusetzen, was später maßgebend zum Erfolg der Firma beitragen wird.

Nach dem Tod seines Bruders Ludwig wird Ernst II zur wichtigsten Stütze des Vaters. Beide Männer bestimmen zusammen das Geschehen, und es sind nicht nur die technische Perfektion und kluge Vermarktung der Produkte, die den Aufstieg der Leitz-Werke bestimmen. Einen wesentlichen Anteil am Erfolg haben die kluge Betriebsführung und die außergewöhnlich guten Arbeitsbedingungen, denn die Leitz-Männer sind fürsorgliche Firmenchefs. In dem zur Feier des 70. Geburtstages von Dr. h. c. Leitz herausgegebenen Erinnerungsbuch erinnert Carl Metz, Leiter der Rechenabteilung Optik, rückblickend an diese fortschrittlichen Arbeitsbedingungen und das familiäre Klima im Unternehmen.

Schon Ernst Leitz I war seinen Arbeitern und Angestellten gegenüber nie ein Vorgesetzter, sondern ein verantwortlicher Mitarbeiter, der auch die kleinen Wünsche des einzelnen Betriebsangehörigen verständnisvoll meisterte und helfend unauffällig überall dort eingriff, wo er konnte. Schon im Jahre 1885 gründete er eine zusätzliche Unterstützungskasse für Krankheits- und sonstige Notfälle in der Belegschaft. Als das 50.000ste Mikroskop im Jahre 1899 fertiggestellt wurde, stiftete er eine Pensionskasse...

Die Werksangehörigen und ihre Familien, speziell die Kinder, werden im Bedarfsfalle von der Firma zu Kur- und Ferienaufenthalten geschickt. *Ein Krankenzimmer mit einer Schwester steht seit 1915 zur Verfügung, hier werden auch kostenlose Behandlungen mit Höhensonne, Ultrakurzwellen und Soluxlicht vorgenommen. Ab 1917 hat die Firma auch eine eigene Betriebsfürsorgerin eingestellt, die alle Kranken des Betriebes besucht und wo Not ist, mit Mitteln der Firma eingreift.*

In der Werksküche des Gemeinschaftshauses, dem auch die Kantine angeschlossen ist, wird ein warmes Mittagsessen verabreicht. Diese Einrichtung wird hauptsächlich von denen in Anspruch genommen, die von auswärts kommen. Es werden täglich 700-800 Essen ausgegeben.

Die schönste Pflege des Gemeinschaftsgedankens in der Firma Leitz findet in der alljährlich stattfindenden Rheinfahrt der gesamten Belegschaft, einschließlich der Pensionäre, ihren Ausdruck. Unser schöner deutscher Rhein kann in seiner Eignung für Gemeinschaftsfahrten von nichts übertroffen werden. In aller Morgenfrühe fährt die Belegschaft in vier Sonderzügen nach Koblenz. An der historischen Stätte, dem »Deutschen Eck«, der Mündung von Mosel und Rhein, findet am Fuße des Denkmals von Wilhelm I., dem Gründer des Deutschen Reiches, jedesmal eine Feier statt, verbunden mit der Ehrung der Jubilare des Jahres. Vier Musikchöre und die Werkskapelle wirken mit. Anschließend werden vier Dampfer bestiegen, auf denen die Belegschaft rheinauf und rheinab fährt. In fröhlicher Gemeinschaft geht es am Abend zu Schiff wieder zurück nach Koblenz zur gemeinsamen Heimfahrt nach Wetzlar. So ist es kein Wunder, dass man gerne bei Leitz arbeitet. Stolz sagen die Frauen: »Mein Mann und mein Sohn gehen ins Leitze ...«

Und selbst die Kinder auf der Straße rufen beim Gerangel:
»Du kannst mich gar nicht reize,
mein Vadder is bei Leitze.«

Ernst Leitz ist wegen seines natürlichen Umgangs mit jedermann bei den Einwohnern Wetzlars sehr beliebt. Gerne erzählt man beim Stammtisch, wenn man auf ihn zu sprechen kommt, folgende Anekdote:

Ernst Leitz unterwegs

Eines Tages weilt Ernst Leitz geschäftlich in Berlin und schlendert gemütlich den Kudamm entlang. Da trifft er zufällig einen Wetzlarer Bekannten, der sagt erstaunt; »Ei wie läufst du denn hier in der Hauptstadt rum – ohne Schlips und Kragen?« Der Firmenchef antwortet ungerührt: »Wieso denn nicht? Hier kennt mich doch keiner.«

Zurück in Wetzlar treffen sich die beiden einige Zeit später am Domplatz wieder. Da sagt der Wetzlarer ganz erstaunt: »Na, du gehst ja auch hier ohne Schlips und Kragen!« Worauf Ernst Leitz antwortet: »Wieso denn nicht? Hier kennt mich doch jeder.«[8]

Gesamtansicht des Leitz-Werkes im Jahre 1890

Ernst Leitz II lernt seine Frau Elsie Gürtler (1877-1910) kennen. Am 7. März findet die Hochzeit in Wetzlar statt.

Das junge Paar lebt lange im Haus der Eltern am Kalsmunttor, bevor Ernst Leitz II für sich und seine Familie im Jahr 1903 am Laufdorfer Weg 4 oberhalb der Fabrikanlagen am Hang des Kalsmunt

ein zweigeschossiges, repräsentatives Wohnhaus errichten lässt. Die Erker, Fenster und die schmiedeeisernen Arbeiten entsprechen dem floralen Stil der Zeit und verleihen der liebevoll getauften Villa Rosenburg ihren Namen.

II.
Elsie Leitz

KINDHEIT IN WETZLAR

Die kleine Elsie erblickt am 22. Dezember 1903 in der Villa Rosenburg das Licht der Welt. Schon kurz nach der Geburt erhält das Mädchen, als Referenz an die amerikanischen Verwandten ihrer Mutter, die Vornamen Elsy Grace, sie wird jedoch stets Elsie gerufen werden.

Das erste Enkelkind

Elsie wächst gemeinsam mit ihren beiden Brüdern Ludwig und Ernst auf.

Das Mädchen ist erst sechs Jahre alt, als die Mutter stirbt, und da der Vater sehr beschäftigt und oft auf Reisen ist, findet sie fortan familiäre Geborgenheit hauptsächlich bei ihren Großeltern mütterlicherseits in Hannover. Ihre Großmutter, die aus Neuengland stammt, ist mit Geheimrat Gürtler verheiratet und kümmert sich so gut es geht um ihre Enkelin, die ihr sehr ans Herz gewachsen ist. Die Kleine nennt die Großmutter zärtlich *Öhmchen* und lauscht verzückt dem Spiel der ausgebildeten Klavierpianistin. Oft singen beide gemeinsam englische Kinderlieder und vergnügen sich mit *Nursery Rhymes*. Elsies Liebe zur Musik und ihr Sprachgefühl entwickeln sich früh.[1]

Im Jahre 1912 lernt der Vater Hedwig Wachsmuth (1877-1937) kennen und heiratet am 6. März 1912 wieder.

Hedwig Wachsmuth-Bleistiftzeichnung

Nun plant Ernst Leitz II ein neues Domizil etwas oberhalb am Kalsmuntberg in einem großen Gartengrundstück. Er beauftragt Jean Schmidt, den Hausarchitekten der Firma Leitz, mit dem Entwurf und dem Rohbau des neuen Wohnhauses. Die Innenausstattung und Einrichtung übernimmt auf Anraten der in München wohnenden Schwägerin Ella Bocks ein in jenen Jahren international anerkannter Architekt und Möbeldesigner – Bruno Paul. Dieser sorgt dafür, dass das Haus, welches von außen wie eine typische Villa der wilhelminischen Kaiserzeit wirkt, im Innern eine wohnliche Atmosphäre hat. Raumgestaltung und Einrichtung folgen einem frühen Art Déco-Stil, zeitweise mit ostasiatischen Einflüssen. Elsie trägt in ihrem Herzen stets den in die Balustrade am Treppenaufgang geschnitzten Spruch

Deutsches Haus im Deutschen Land
in Deutschlands schwerer Zeit entstand,
Friedwart wurde es genannt,
schirm es Gott mit deiner Hand.
Oktober 1917

Wo auch immer in der Welt sie sich aufhält, ihr Heim ist *Haus Friedwart.*

Hier, im Haus Friedwart, wird es der kleinen Elsie nie langweilig, da ständig Gäste kommen und der Vater außerdem seit 1907 ein richtiges Auto besitzt, das Wilhelm Willer fährt.

Der Chauffeur bringt Elsie zum Unterricht in die Lotte-Schule ...

... und er wird sie 40 Jahre lang stets herzlich empfangen, wann immer sie nach Hause kommt.

Am 14. Oktober 1914 wird in Wetzlar der Sohn Günther geboren. Da sich Hedwig Wachsmuth, nun verheiratete Hedwig Leitz,
liebevoll um die Kinder und den Haushalt kümmert, kann sich Ernst
Leitz II wieder ganz seinem Werk widmen, und er stellt Fachkräfte
ein, die die Produktionspalette erweitern sollen. Da sind als erstes
Emil Mechau und Oskar Barnack zu nennen.

III.
Oskar Barnack – Vater der Leica

Oskar Barnack kommt im Jahre 1911 als Meister der Versuchsabteilung zur Firma E. Leitz nach Wetzlar. Dort baut sein Freund Emil Mechau seinen berühmten Kinoprojektor mit optischem Ausgleich, und Barnack konstruiert nebenbei einen Kinoaufnahmeapparat, mit dem sich viele Begebenheiten festhalten lassen.

Oskar Barnack ist schon seit vielen Jahren begeisterter Fotograf, und da er recht klein und zart gebaut ist, an chronischer Bronchitis und später an Asthma leidet, stört ihn das Gewicht der großen Kameras und der 13 x 18 cm Glasplatten sehr. Als er mit der Kinokamera arbeitet, baut er sich hierzu noch eine kleine Kamera für Belichtungsproben. Da kommt er auf die Idee, sich für seine Wanderausflüge eine Schnappschusskamera zu entwickeln, die zunächst ganz auf seine eigenen Bedürfnisse abgestimmt ist. Diese Kamera soll klein und leicht, einfach zu bedienen sein und mehrere Aufnahmen von guter Qualität in rascher Folge ermöglichen. Nach seinen Vorstellungen soll die Kamera außerdem robust und mit großer Präzision gefertigt sein. Er nennt sie liebevoll *Liliput*. Im Jahre 1914 entwickelt er zwei Prototypen, deren einziges erhaltenes Exemplar heute *Ur-Leica* genannt wird.

Bis die neue Kamera aber in Serie hergestellt werden kann, dauert es weitere zehn Jahre. Zuerst kommt der Krieg dazwischen und die Firma Leitz muss für die Wehrmacht produzieren. Anfang der 20er Jahre haben die hohen Reparationsforderungen der Siegermächte die finanziellen Möglichkeiten des Deutschen Reichs weit überschritten, und die Regierung versucht das Problem mit der Notenpresse zu lösen. Nun wird in großem Stil frisches Geld gedruckt. Lange Schlangen bilden sich vor den Lebensmittelgeschäften und 1923 kommt es zu einer Hyperinflation. Die Geldscheine können beim

Einkauf nicht mehr gezählt, sondern nur noch gewogen werden. Am 25. Oktober 1923 zahlt Ernst Leitz II die Löhne und Gehälter mit eigenen Gutscheinen über 10, 20 und 50 Milliarden Mark aus, die in bestimmten Geschäften in Wetzlar gegen Lebensmittel eingelöst werden können.

Doch das Leben geht weiter. Die Währungsreform hat auch die Firma Leitz finanziell in eine schwierige Lage gebracht, und nun muss man planen, wie die Zukunft gestaltet werden kann. Im Leitz-Werk ruft Ernst Leitz eine Versammlung der leitenden Mitarbeiter ein. Es soll entschieden werden, ob man sich in der Produktion auf die bewährten Geräte und Kunden konzentrieren soll oder, was Ernst Leitz favorisiert, das Risiko einer unkalkulierbaren Innovation eingehen kann. Es folgen stundenlange erhitzte Diskussionen, und Ernst Leitz erinnert sich anlässlich seines 80. Geburtstages:

»Viele Umstände wurden ins Feld geführt. Es dauerte dreieinhalb Stunden. Es wurde zwölf Uhr. Wir kamen zu keinem Resultat, zu keiner Einigung. Einige wenige unterstützten mich und da sagte ich: So jetzt ist es halb eins. Wir machen Schluss. Ich entscheide hiermit: Es wird riskiert!«[3]

Das ist die wichtigste Entscheidung seines Lebens.

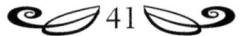

Die Leica

Zur Einführung der neuen Kamera werden 25 Exemplare herge-stellt, die erstmals auf der Leipziger Frühjahrsmesse in der Öffent-lichkeit präsentiert werden. Alfred Türk ist für die Werbung verant-wortlich, und der Erfolg stellt sich ein.

Die Verkaufsstückzahlen entwickeln sich wie folgt:

1925 > 857
1926 > 1.585
1928 > 7.550

Im Jahre 1951 erhält Dr. Albert Schweitzer von Elsie Kühn-Leitz die Ehren-LEICA Nr. 575.000.

Bei der 40. *Leitz Photographic Auction* 2022 wird in Wetzlar ein Modell der Leica 0 Serie Nr. 105 für über
15. Mill. $ versteigert. Das ist der höchste Preis, der jemals für eine Kamera gezahlt wurde.

LEICA

ERNST LEITZ   WETZLAR

IV.
Auf neuen Wegen

FREIE SCHULGEMEINDE WICKERSDORF

Vater Ernst Leitz ist darauf bedacht, seinen Kindern die best-
mögliche Erziehung zukommen zu lassen, und er schickt die Brü-
der Ernst und Ludwig, wie auch ihre Schwester Elsie deshalb nach
Beendigung der Grundschule in Wetzlar in die »Freie Schulgemeinde
Wickersdorf«. Dieses Internat in Saalfeld am östlichen Rand des
Thüringer Waldes an der Saale gelegen, steht zu jener Zeit an der
Spitze der fortschrittlichen Schulen in Deutschland. Hier leben und
lernen Jungen und Mädchen gemeinsam, man spricht und diskutiert
über ethische Werte, und alle Schüler werden zu Selbstbestimmung,
Selbstentscheidung und zu Freiheitsstreben aufgerufen. Es gibt ein
Schulparlament, in dem jeder vom 9. Lebensjahr an Sitz und Stimme
hat. Der Direktor der Schulgemeinde ist auch der Leiter dieser demokratischen Versammlung, bei der über alle Fragen der Schule demokratisch abgestimmt wird.

Die älteren Schüler bilden einen Ausschuss, diesem unterstehen die jüngeren Schüler. Jeder der Jüngeren hat einen bestimmten Tutor, d. h. einen älteren Schüler, der sich um sein persönliches und sein sachliches Wohlergehen kümmert, für Ordnung und Sauberkeit sorgt, darauf achtet, dass die jüngeren Schüler ihre Aufgaben machen, ihre Freizeit gut nutzen und gesund bleiben.

Die Jugendlichen sollen lernen, Prioritäten zu setzen, was Elsie folgendermaßen interpretiert und verinnerlicht: »Du musst immer entscheiden, was gerade das Wichtigste ist, und das musst du tun.« Schülermitbestimmung ist ein Grundanliegen; regelmäßig versammeln sich alle Mädchen und Jungen gemeinsam, und wenn ein Zehnjähriger den Finger hebt, wird er genauso angehört wie ein Schüler oder eine Schülerin der Abschlussklasse.

Neben dieser freiheitlichen und frühen demokratischen Erziehung sind die musischen Fächer von großer Bedeutung. Musik nimmt einen wichtigen Platz im Lehrplan ein. Nach einem morgendlichen Dauerlauf versammeln sich Lehrer und Schüler zum Anhören eines Präludiums und einer Fuge von J. S. Bach. Vor dem Mittagessen werden Sprüche der großen Dichter Deutschlands und der anderen europäischen Länder vorgelesen, damit die Schüler mit einem guten Gedanken zu Tisch gehen. Alle Lehrer verfügen über eine ausgezeichnete Ausbildung und besonderes Talent in ihrem Fach. Fremdsprachen werden ausschließlich von Muttersprachlern unterrichtet, und der französische Lehrer kümmert sich weniger um grammatikalische Korrektheit, als um die Schönheit der Poesie. Die sprachbegabte Elsie ist entzückt, und bis ins hohe Alter rezitiert sie für sich selbst in schwierigen Zeiten *Verlaine*.

Il pleure dans mon cœur

Il pleure dans mon cœur
Comme il pleut sur la ville
Quelle est cette langueur
Qui pénètre mon cœur ?

Ô bruit doux de la pluie
Par terre et sur les toits
Pour un cœur qui s'ennuie,
Ô le chant de la pluie !
Il pleure sans raison
Dans ce cœur qui s'écœure.
Quoi! nulle trahison? …
Ce deuil est sans raison.

C'est bien la pire peine
De ne savoir pourquoi
Sans amour et sans haine
Mon cœur a tant de peine !

Paul Verlaine, Romances sans paroles (1874)[1]

Aus dem Deutschunterricht bleiben ihr besonders die Rilke-Gedichte in lebhafter Erinnerung. Noch ahnt sie nicht, dass sie den bewunderten Dichter schon bald persönlich in München treffen wird.

Der Nachmittag ist in Wickersdorf dem Sport, dem Basteln, der Musik und der Vorbereitung von Aufführungen vorgesehen, je nachdem, für was sich der einzelne Schüler am meisten interessiert. Ein Schulorchester und der Schulchor begleiten sämtliche Festivitäten, und beim jährlichen Stiftungsfest, zu Weihnachten und bei anderen passenden Gelegenheiten kommen anspruchsvolle Theaterstücke von Goethe, Schiller, Kleist, Shakespeare oder Molière, sowie auch Werke von Schülern auf die Bühne.

In Wickersdorf hat jeder Lehrer seine Schülergruppe, die er leitet. Elsie wählt sich Martin Luserke, genannt »Lu«, aus, der für die Schule sehr gute, humorvolle Stücke schreibt, diese mit den Schülern einstudiert und bei Festen zur Aufführung bringt. Die temperamentvolle Elsie kann sich hier ausdrücken und ihre Gefühle umsetzen, so ist sie bald der Star dieser Darbietungen. Bei einer Shakespeare-Vorstellung vor großem Publikum ist zufällig der Theater-Rezensent einer führenden Berliner Zeitung anwesend. Er verfasst einen begeisterten Bericht und erwähnt besonders die fünfzehnjährige Elsie Leitz, die ihre Rolle so selbstverständlich, frei und anmutsvoll verkörpert hat. Elsie wird aufgrund ihrer Erfahrungen in Wickersdorf dem Theater, der Literatur, der Kunst und der Musik ein Leben lang verbunden sein.

Rückblickend erklärt Elsie Kühn-Leitz:

Die Freie Schulgemeinde Wickersdorf mit ihren Führern – Dr. Gustav Wyneken, der viele Bücher schrieb wie »Weltanschauung« und »Schule und Jugendkultur«, August Halm, der Komponist, Martin Luserke, der Dichter, und Fritz Hafner, der Maler – hat uns so viel an inneren und äußeren Werten mit fürs Leben gegeben, auf die wir in späteren Lebenslagen immer wieder zurückgegriffen haben. Weil wir demokratisch erzogen wurden, sind wir niemals auf die Verführung Hitlers hereingefallen. Unsere innere Werteskala war so gefestigt, unsere Kritik und unser eigenes Beurteilungsvermögen so gestärkt, dass wir auf falsche Phrasen kraft unserer eigenen Denkmöglichkeiten nicht hereinfallen konnten.[2]

In Wickersdorf wird jedoch kein Abitur angeboten, und deshalb zieht Elsie nach Berlin, wo sie in Mariendorf die Oberrealschule besucht. Im Jahre 1921 beendet sie mit nur 17 Jahren ihre Schulzeit mit Auszeichnung.

FRANKFURT - MÜNCHEN - BERLIN - FRANKFURT

Nach dem Abitur beschließt Elsie, Volkswirtschaft und Sprachen zu studieren. Sie beginnt mit dem Studium an der Johann Wolfgang Goethe Universität in Frankfurt am Main, wechselt aber schon bald nach München, wo sie mit 19 Jahren an der Handelshochschule ihr Studium als Diplom-Kauffrau abschließt. Die Stadt München und das Leben hier gefallen der jungen Frau, und sie beginnt ein Jura-Studium an der Ludwig Maximilian Universität.

Wie es der Zufall will, trifft Elsie in München Berthe Krull, eine zwei Jahre jüngere Studentin, die ebenfalls aus Wetzlar stammt, und sie werden enge Freundinnen.

Berthe erinnert sich:

Wenn ich an Elsie denke, sehe ich sie jung vor mir. Sie ist blond, mittelgroß, graziös und beweglich, hat große, leuchtend blaue Augen, sie ist schön. Sie ist von unerschütterlichem Optimismus und voller Enthusiasmus für die Kunst, vor allem für Musik und Tanz. Wir haben uns in den Kursen für Ballett und künstlerischen Tanz von Rhea Glus getroffen Die Kurse fanden in einem Saal des traditionell-eleganten Hotels »Bayerischer Hof« statt. Wir verließen den Unterricht immer zusammen und begleiteten uns abwechselnd nach Hause. Wir wohnten beide in Schwabing, im Umkreis des Siegestores. Wir hatten uns immer viel zu sagen und es kam vor, dass ich sie bis zu ihrer Tür brachte, aber sie trat nicht ins Haus, sondern ging weiter bis zu mir. Dann ging sie mit zu meiner Mutter, die immer da war und Obst, Pudding oder ein Getränk bereitet hatte.[3]

Die beiden jungen Frauen sind unbeschwert glücklich. Elsie studiert zwar Jura, aber der künstlerische Tanz ist ihre Leidenschaft, und die schöne tanzende Juristin ist an ihrer Universität ziemlich bekannt. Zu dieser Zeit gibt es noch nicht viele Jurastudentinnen und eine, die bei den Schulveranstaltungen von Rhea Glus in der »Tonhalle« auf der Bühne erscheint, wo sie als Page – mit nackten Beinen, wie es damals beim künstlerischen Tanz üblich ist – ein Mozart-Menuett tanzt, die gibt es nur einmal. Rhea Glus ist mit dem Rechtsanwalt Dr. Feuchtwanger verheiratet und pflegt einen großbürgerlichen Lebensstil. Oft besucht sie ein bekanntes Schwabinger Lokal und Elsie begleitet sie gerne. In demselben Lokal entdeckt Elsie eines Tages Adolf Hitler, etwas worauf sie nie stolz ist.

Neben den Tanzabenden besuchen die Freundinnen auch die »Münchener Kammerspiele«, hier werden Stücke von Brecht und Wedekind gespielt (beide Autoren leben zu dieser Zeit in München) oder die jungen Damen gehen ins »Schauspielhaus«, wo Strindberg, Ibsen und Shaw Trumpf sind. Elsie ist fröhlich und liebenswürdig und macht anderen gern eine Freude, so legt sie zuweilen heimlich eine Tafel Schokolade und einen Pfirsich auf die Garderobenablage des Theaters. Unbewusst handelt sie nach der Maxime:

Denn die Freude, die wir geben, kehrt ins eigne Herz zurück.

Der Höhepunkt des Jahres ist natürlich die Faschingssaison. In der Adalbertstraße in Schwabing befindet sich die Buchhandlung von Georg Steinicke. Herr Steinicke hat die besten Beziehungen zur Münchener Kunst- und Geisteswelt, denn seiner Buchhandlung ist ein hübscher Vortragssaal angeschlossen. Hier finden die verschiedensten Veranstaltungen statt: Kammertheater, Kammermusik, Vortragsreihen, und jedes Jahr zur Faschingszeit arrangiert Herr Steinicke ein Künstlerfest. Elsie und Berthe dürfen dabei natürlich nicht fehlen.

Berthe erzählt:
Natürlich gingen wir hin, übrigens die ganze Rhea Glus-Schule. Elsie war es, die mir sagte, dass ich gerade mit dem Schriftsteller Hans Canossa getanzt hatte, dass an jenem Tisch Ricarda Huch saß, dass eben Klaus Mann vorbei ging, dass der Verleger Heimeran und der Meister des Scherenschnitts, Engert, beieinander standen. Da war der blinde Dichter von Wolfskehl und das Münchner Original, der Dichter Oskar Maria Graf, der urbayrisch sprach; ich erinnere mich auch, dort Joachim Ringelnatz im kindlichen Matrosenanzug gesehen zu haben.[4]

Im Studium bewundert Elsie den bekannten Rechtslehrer, Geheimrat Professor Kisch, der von Straßburg nach München gekommen ist. Dieser Mann hat eine Vorliebe für französische Kultur und Lebensart und wird eine Zeit lang zu Elsies Leitfigur. Seine

Vorlesungen sind überlaufen, aber selbst wenn das Auditorium Maximum bis auf den letzten Platz gefüllt ist, findet Elsie stets noch eine Lücke, denn den Genuss seines Vortrags kann sie sich nicht entgehen lassen.

Zur gleichen Zeit organisiert Elsie in München einen Vortrag für Dr. Gustav Wyneken, den Lehrer, der in der Schulgemeinde Wickersdorf einen großen Einfluss auf sie ausgeübt hat. Dr. Wyneken, der Verfasser religionsphilosophischer und erziehungswissenschaftlicher Schriften, war aufgrund eines Eklats zu einer umstrittenen Person geworden, und Vater Leitz nahm daraufhin seine Kinder von der Schule. Elsie verteidigt Wyneken jedoch und bleibt mit ihm in Kontakt, denn sie ist immer für oder gegen jemanden und verficht dann ihren Standpunkt mit glühendem Eifer, wie ihre Freundin Berthe Krull feststellt:

Wir fanden das Leben wunderschön. Elsie war zwanzig Jahre alt und ich noch nicht achtzehn. Ich fühlte mich dem Tanz und der bildenden Kunst verbunden, wollte Tanzpädagogin werden, für anderes interessierte ich mich kaum. Elsie dagegen war an Vielem und Gegensätzlichem interessiert. Sie konnte vielerlei aufnehmen und es einordnen. Das Jurastudium nahm sie ernst, und sie erklärte mir, hier lerne man logisch denken, das Fach vermittle das Wissen für viele Bereiche und sei geradezu ein Schlüsselgebiet. Wohl wusste ich, wenn Seminare, Klausuren, Examen für sie anstanden; ich freute mich mit ihr, wenn es gut gegangen war und hatte vorher mit ihr Sorge gehabt, aber all das war mir fremd.[7]

Und mitten aus angeregten und ausgefüllten Tagen in München beschließen Berthe und Elsie nach Berlin zu ziehen.

Die zwanziger Jahre in Berlin
Zwischen Hörsaal und Bühne

Die Jura-Studentin in Berlin 1926

Ohne große Vorbereitungen reisen die Freundinnen nach Berlin. Zuerst wohnen sie beide bei einer Wickersdorfer Mitschülerin von Elsie, dann findet Elsie ein möbliertes Zimmer, und Berthe lebt zusammen mit ihrer Mutter, die aus München nachgefolgt ist, in einer Wohnung im Hansaviertel. Das Beste an dieser Wohnung ist ein leeres Zimmer mit einem Klavier, wo Berthe üben kann, denn nun ist sie sich sicher, dass sie Tanzpädagogin werden möchte. Auch Elsie will sich neben ihrem Jurastudium weiter mit dem Tanz befassen und besucht gemeinsam mit der Freundin jeden Morgen das Studio der früheren Primaballerina des Zaren-Balletts, Eugenie Eduardowa, das sich in der Kalkreuthstraße, Nähe Nollendorfplatz befindet. Eduardowa war während der russischen Revolution aus Sankt Petersburg geflohen und konnte sich das Tanzstudio nur einrichten, weil sie ihren Schmuck in Schuhen versteckt außer Landes gebracht hatte. Sie ist eine strenge Lehrerin, welche die beiden jungen Damen im klassischen russischen Tanzstil, einschließlich des Spitzentanzes, unterweist. Die vorgeschriebene Kleidung ist ein weißes, gestärktes Baumwollkleid mit Trägern und weitem, kurzem Rock, dazu Söckchen oder ein rosa Trikot, rosa Ballettschuhe, genauso wie es vormals in Russland gewesen war.

Gleichzeitig melden sich beide Frauen, die vieles ausprobieren wollen, zu Gymnastikkursen bei Elsa Grindler an. Hier wird Entspannung gelehrt und die richtige Atemtechnik, gleichzeitig befolgt man eine gesunde Lebensweise nach Mazdaznan[5], wozu vegetarisches Essen und Körperpflege mit Mandelöl gehören. Elsie ist hellauf begeistert; sie trägt immer Broschüren mit sich herum, um andere von dieser gesunden Lebensweise zu überzeugen und wird selbst für einige Zeit Vegetarierin. Oft ist in ihrer Kollegmappe am Vormittag schon das Abendessen untergebracht, das sie auf dem Weg zur Universität besorgt hat: Milch, Quark, Margarine und dunkles Brot.

Die zwischenzeitliche Fixierung auf gesunde Ernährung rückt jedoch bald in den Hintergrund, denn Kunstausstellungen, Theateraufführungen und Matineen der Berliner Kunstbühne locken, hier, wo sich die Prominenz des modernen Kunsttanzes während des Winters präsentiert. Auch besucht Elsie häufig mit Studienfreunden Konzerte. Eine kleine Clique ist Stammgast bei den öffentlichen Generalproben von Furtwängler[6], die stets am Sonntagmorgen stattfinden. Dann drängt die Jugend zu den ermäßigten Plätzen. Elsie verehrt Furtwängler und nach dem Konzert fliegt so mancher Blumenstrauß von ihr auf die Bühne.

Eines Tages verschafft Berthe ihrer Freundin Elsie eine Anstellung am berühmten *Theater am Schiffbauer Damm*. Berthe ist befreundet mit der Frau des Theaterdirektors und Produzenten Franz Josef Aufricht, und diese fragt, ob sie nicht junge Damen kenne, die Statistenrollen übernehmen würden. Wer wäre dafür geeigneter als Elsie Leitz? 1928 hatte hier die »Dreigroschenoper« Uraufführung. Bert Brecht führte selbst Regie, und das Stück wurde ein sensationeller Erfolg. Die märchenhafte Parabel erzählt von den Mechanismen des Marktes, der Korruptheit der ökonomischen Verhältnisse, der Verlogenheit der bürgerlichen Moral und von den Lücken im rechtsstaatlichen System, welche ein gewiefter Geschäftsmann wie *Peachum* und ein ausgemachter Krimineller wie *Mackie Messer* erkennen und schamlos ausnutzen, um am Ende lediglich mit einem blauen Auge davon zu kommen. So komisch und leicht dieser Stoff mitunter anmutet, so bitter und ernüchternd ist seine innewohnende Kritik.

Elsie ist Feuer und Flamme, denn im Theater am Schiffbauer Damm öffnet sich ihr eine ganz neue Welt, und sie versucht, so viel Zeit wie möglich in diesem Milieu zu verbringen. Hier erlebt sie Brecht bei Umbesetzungsproben und kann die Schauspieler Ernst Deutsch, Heinz Rühmann, Lotte Lenya und andere, später vergleichsweise berühmte Schauspieler täglich sehen und zum Teil auch

kennenlernen. In ihrer Euphorie nimmt Elsie sogar Unterricht bei der Staatsschauspielerin Lucie Höflich.

Im Jahre 1926 kommen die Brüder Ernst und Ludwig zu Studienzwecken nach Berlin, und die Geschwister mieten eine gemeinsame Wohnung in der Passauerstraße nahe der Tauentzienstraße. Nun besuchen sie oft, auch zusammen mit Berthe Krull, ihren Onkel, Professor William Gürtler, den Bruder ihrer verstorbenen Mutter. Die Gürtlers wohnen in Berlin-Dahlem in einer geräumigen Villa und führen ein offenes Haus, in dem sich Künstler und Intellektuelle ein Stelldichein geben – für die jungen Leute aus Wetzlar eine faszinierende Welt.

Doch das Jurastudium holt Elsie wieder in die Wirklichkeit zurück, und entschlossen verlässt sie Berlin mit all seinen Verlockungen der 20er Jahre.

Nun kehrt Elsie Leitz wieder nach Hessen zurück und kon-
zentriert sich auf ihr Studium der Rechtswissenschaft an der
Johann-Wolfgang-Goethe Universität in Frankfurt am Main. Das folgende Referendariat legt sie am Oberlandesgericht Frankfurt ab mit
einem Zwischenaufenthalt am Amtsgericht in Bad Vilbel.

In einem Antwortbrief an Jugendliche in der Haftanstalt Rockenberg schreibt sie 1957:

[   ] *Ich arbeitete in Frankfurt bei einem Anwalt. Da nunmehr das
Dritte Reich begonnen hatte und die Aussichten für eine Frau als
Rechtsanwältin immer geringer wurden, außerdem mir die gegenwärtige
Rechtsprechung des Dritten Reichs nicht zusagte, ging ich vom Gericht
weg und beschäftigte mich mit meiner Doktorarbeit.*[7]

DIE DOKTORARBEIT

Die Juristin findet ein interessantes Thema für ihre Dissertation
und arbeitet daran in den Jahren 1931/1932. Die Doktorarbeit trägt
den Titel:

»Zur Frage der rechtsgeschäftlichen Mitgestaltung der ehelichen Lebensgemeinschaft durch die Ehegatten«

Aufgrund ihrer freiheitlichen und demokratischen Erziehung
erkennt Elsie Leitz, dass es keine Gleichberechtigung zwischen
Ehepartnern gibt, und in diesem Schriftstück plädiert sie deshalb
für eine Ablösung des damals geltenden Entscheidungsrechts des
Ehemannes. An Stelle dessen sollen Verträge zwischen beiden Ehepartnern ausgehandelt werden. Im Einzelnen setzt sie sich namentlich für Vereinbarungen über die eheliche Lebensgemeinschaft, die

Berufstätigkeit der Frau, die Unterhaltspflicht und die gemeinschaftlichen Kinder der Ehegatten ein.[8]

Mit ihren Vorschlägen ist die Doktorandin ihrer Zeit jedoch weit voraus. Fakt ist, dass es noch lange dauern wird, bis in Deutschland die rechtlichen Schritte zur Gleichberechtigung erfolgen: Erst im Jahre 1949 wird die Gleichberechtigung von Frauen und Männern in das Grundgesetz aufgenommen. Neun Jahre später – 1958 – tritt das entsprechende Gleichberechtigungsgesetz in Kraft. 1954 wird aber bereits das Beschäftigungsverbot für verheiratete Frauen im öffentlichen Dienst aufgehoben, im Mai 1957 ebenso das Lehrerinnen-Zölibat, und im Juni desselben Jahres wird der Gehorsamsparagraf abgeschafft, bis dahin war es Männern gesetzlich erlaubt, ihre Frauen zu züchtigen. Ab 1977 schließlich durften verheiratete Frauen laut Gesetz ohne die Zustimmung ihres Mannes arbeiten.[9]

Erst 1936 legt Elsie Kühn-Leitz, mittlerweile verheiratet, ihre Dissertation zur Erlangung der Doktorwürde der rechtswissenschaftlichen Fakultät der Johann-Wolfgang-Goethe-Universität zu Frankfurt am Main vor. Diese wird mit »cum laude« angenommen.

V.
Elsie Kühn-Leitz

DIE EHEFRAU

Zu Beginn der 1930er Jahre lernt Elsie Leitz in Frankfurt Dr. rer. pol. Kurt Hermann Kühn kennen, einen Diplom-Volkswirt, der bei den Adler Automobilwerken tätig ist. Beide beschließen zu heiraten, und die Trauung findet am 2. März 1935 im Wetzlarer Dom statt. Es ist eine kleine Hochzeitsgesellschaft, zu der nur 22 Gäste geladen sind.

Elsie und ihre Brüder

Enya Gürtler, Günther Leitz, Gisela Dumur (Brautjungfer),
Elsie Leitz, Kurt Kühn, Ingrid Gürtler (später verh. von Tautscher), Ernst Leitz III

Gefeiert wird in Haus Friedwart

Von nun an nennt sich die junge Frau Elsie Kühn-Leitz. Schon kurz nach der Hochzeit nimmt der Ehemann eine neue Stellung bei den Glanzstoff-Werken in Wuppertal an, und später zieht die junge Familie nach Münster in Westfalen, wo Dr. Kurt Kühn für ein Kreditinstitut arbeitet. Im Laufe der Ehe kommen drei Kinder zur Welt: Knut Ernst am 16.06.1936, Cornelia am 19.11.1937 und Karin am 13.02.1939.

Es muss eine schwierige Zeit für Elsie Kühn-Leitz gewesen sein als Ehefrau und Mutter mit drei kleinen Kindern in einer fremden Stadt und ohne die gewohnte häusliche Unterstützung.

Die Kinder Knut und Cornelia entwickeln sich prächtig, nur die kleine Karin, von der Familie liebevoll Katie genannt, wird ein Sorgenkind. Sie ist ein gesundes fröhliches Mädchen, bis sie im Alter von fünf Jahren an Hirnhautentzündung erkrankt und fortan schwerstbehindert bleibt. Viele Jahre lebt Katie in Haus Friedwart, später zusammen mit ihrer Pflegerin Schwester Johanna in einem eigenen Haus im Laufdorfer Weg 14, in der Nähe der Familie. Nach dem Tode der Pflegerin sucht Elsie Kühn-Leitz für ihre Tochter ein geeignetes Pflegeheim. Hier stirbt Katie Kühn am 20.01.1996, elf Jahre nach ihrer Mutter.

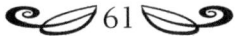

VI.
Der Nationalsozialismus und der Zweite Weltkrieg

Repressalien und Judenverfolgung

Schon früh hat Ernst Leitz II Auseinandersetzungen mit den Nationalsozialisten, denn er zeigt Zivilcourage und Unerschrockenheit gegenüber politischer Willkür. Seine Hilfe lässt er nicht nur Angestellten der Firma und deren Familien zukommen, sondern auch zahlreichen Wetzlarer Bürgern, ungeachtet ihrer Religion, Weltanschauung oder gesellschaftlichen Stellung. Ernst Leitz hilft vielen politisch Verfolgten und verschafft stellungslos gewordenen Personen in seinem Betrieb ein Unterkommen und Verdienstmöglichkeiten. Als seine wichtigste Aufgabe sieht er es an, jüdische Bürger vor der Gestapo in Sicherheit zu bringen. Eine große Zahl junger Menschen erhält in der Leica Schule eine Ausbildung oder absolviert eine kaufmännische Lehre, und das zu einer Zeit, als die Nazis die Beschäftigung von Juden in deutschen Betrieben schon verboten haben. Gibt es vor 1933 nur einen einzigen jüdischen Mitarbeiter bei Leitz, sind es nun plötzlich 50. Von all dem dringt nicht viel in die Öffentlichkeit, denn Ernst Leitz handelt nach dem Grundsatz: *Tue Gutes und sprich nicht darüber!* Diese Maxime bestimmt schon seit jeher das Verhalten der Leitz-Firmeninhaber, aber in der gegenwärtigen Zeit ist Verschwiegenheit eine absolute Notwendigkeit.

Die Situation ist gefährlich, denn bereits 1933 kommt aus Frankfurt von Professor Dr. Lüer, dem Chef der Industrie- und Handelskammer eine Empfehlung an die Kammer in Wetzlar, man solle den Betrieb Leitz beschlagnahmen und Ernst Leitz sowie seine drei Söhne aus der Firma entfernen. Kommerzienrat Köhler, derzeitiger Präsident, ignoriert die Aufforderung, denn er ist sich bewusst, dass man der Firma die führenden Köpfe berauben will, um sie durch Parteigenossen zu ersetzen. Ernst Leitz lässt sich seinerseits nicht beirren, er führt die Unterstützung der politisch Bedrohten fort.

Theodor Heuss

Theodor Heuss
Lithografie von Emil Stumpp

Auch im Freundeskreis kann Ernst Leitz Hilfe leisten. Im Jahre 1933 verliert sein politischer Weggefährte und Freund aus den Zeiten der Weimarer Republik, Theodor Heuss, seine Dozentenstelle an der Hochschule für Politik in Berlin und auch das Reichtagsmandat für die deutsche Staatspartei. Am 10. Mai 1933 fällt dann sein Buch »Hitlers Weg«, das Anfang 1932 erschienen ist, der reichsweiten Bücherverbrennung zum Opfer. Mit journalistischer Arbeit kann Theodor Heuss seine Familie nun nicht mehr über Wasser halten, da springt Ehefrau Elly Heuss-Knapp ein, die ein modernes Verständnis von der Berufstätigkeit der Frauen hat. Mit ihrer innovativen Rundfunkwerbung für bekannte Namen wie Wybert-Halspastillen, Kaffee Hag, Persil oder Erdal ist sie äußerst erfolgreich. Als die Rundfunkwerbung für Einzelprodukte verboten wird, weicht sie auf Kinowerbung aus, wo sie Reklamefilme für Nivea- oder Milupa-Produkte dreht.

Elly Heuss-Knapp nimmt auch Kontakt zu Ernst Leitz auf und bietet im Januar 1935 an, nach Wetzlar zu kommen und einige Beispiele ihrer Tätigkeit vorzustellen. Sie schreibt: »Das Neue an meinen Platten ist der Versuch, durch das geformte Wort und durch Musik die Werbung eindringlich zu machen, also akustische Reize anstelle von optischen Reizen einzusetzen.« Der Besuch kommt zustande und auch ein Auftrag im Umfang von 1000 Reichsmark, obwohl Ernst Leitz persönlich nicht viel von Rundfunkwerbung hält.[1]

Im Jahre 1938 erhält Ernst Leitz II schließlich vom Reichsstatthalter Sprenger die persönliche Aufforderung, in die Partei einzutreten. Zum Überbringer der Nachricht äußert er sich wörtlich: »Ich lege auf die Partei keinen Wert.« Diese starre Haltung verstärkt natürlich den Druck der Nationalsozialisten, und man droht ihm mit einem Ehrengerichtsverfahren, falls nicht er oder zumindest einer der beiden Söhne in Kürze der Partei beitreten sollte. Ludwig opfert sich, doch das scheint nicht genug zu sein.

Im Jahre 1941 legt Bürgermeister Kindermann Ernst Leitz dringend ans Herz, in die NSDAP einzutreten, um eine Übernahme zu verhindern. Am 10. März stellt der Senior widerwillig einen Aufnahmeantrag, da er sein Unternehmen und seine Mitarbeiter nicht einer unberechenbaren Leitung überlassen will.

Glücklich ist er nicht; es ist überliefert, dass er sich einem seiner Mitarbeiter gegenüber bezüglich des Parteiabzeichens folgendermaßen äußerte

»Da guck hin, ich muss den Pfannkuchen anziehen, damit unser Kram hier weiterläuft, aber die damit zusammenhänge würde ich am liebste vergifte [...] Wenn ich den Pfannekuche net anhätt' wär das net mehr.«

Und als Werkmeister Palm sich über Schwierigkeiten bei der Materialbeschaffung beklagt, entgegnet der Firmenchef:

»Palm, es wird nicht früher wieder besser, als bis die braune Pest verschwunden ist. Machen die Verbrecher denn nicht bald Schluss?«[2]

Trotz aller Repressalien lässt sich Ernst Leitz II nicht einschüchtern und hilft weiterhin Freunden und Menschen in Not.

In der Zeit vor dem Naziterror sind die Ehrenfelds angesehene Bürger in Frankfurt. Sie leben in gehobenen Verhältnissen mit Chauffeur und Hausangestellten. Die Brüder Heinrich und Gustav führen zusammen mit ihrer Mutter seit 1874 die Firma F. Ehrenfeld OHG. Flaggschiff ihres Unternehmens ist »Das Haus der Geschenke« auf der Frankfurter Prachtmeile Zeil 102/104. Hier werden neben Schmuck auch Lederwaren, Bestecke, Lampen, Radios, Schallplatten sowie Kameras und Fotozubehör verkauft. In den 1930er Jahren avanciert die Leica mit ihren Wechselobjektiven zu einem regelrechten Verkaufsschlager für das Unternehmen. Ehrenfeld gehört daher zu den wichtigen Leica-Händlern in Deutschland, und er ist mit Ernst Leitz gut bekannt. Da es ab 1933 Boykottaufrufe gegen jüdische Geschäfte gibt, und die Verfolgung jüdischer Bürger unerträglich wird, entschließt sich Heinrich Ehrenfeld im August 1938 sein Geschäft in Frankfurt aufzugeben und in die USA auszuwandern. Er sucht Ernst Leitz in Wetzlar auf mit der Bitte, ihm bei der Abwicklung zu helfen. Da die Familie Ehrenfeld bei der Emigration kein Geld mitnehmen darf, arrangiert Ernst Leitz, dass sie eine größere Ladung Kameras und Fotozubehör ausführen sollen, damit sie einen Grundstock für das Leben in USA haben. Doch kommt es erst einmal anders.

Am 8. November 1938, in der Reichspogromnacht, wird das Geschäft der Familie, ihr »Haus der Geschenke«, so wie das vieler anderer, völlig zerstört und die Brüder Heinrich und Gustav Ehrenfeld werden ins Konzentrationslager Buchenwald verschleppt. Am 21. November erhält Heinrich Ehrenfeld vom amerikanischen Konsul das Einreisevisum für die Vereinigten Staaten. Er darf mit seiner Familie das Deutsche Reich jedoch erst verlassen, nachdem sein gesamter Besitz liquidiert ist.[3]

Zwischenzeitlich hat man in der Leitz-Zentrale in Wetzlar schon alle Hebel für die Ausreise der Ehrenfelds in Bewegung gesetzt. Ernst Leitz hat seinen Verkaufsleiter Alfred Türk beauftragt, ein Empfehlungsschreiben für die bereits bestehende New Yorker Leitz-Filiale vorzubereiten. Dieses Schreiben erhält Heinrich Ehrenfeld Ende Dezember 1938 per Einschreiben. Durch einen Spitzel in der Firma Leitz gelangt eine Kopie jedoch in die Hände der Gestapo. Im Januar 1939 wird Alfred Türk verhaftet, denn an ihm, einer Führungskraft der Firma, soll ein Exempel statuiert werden, dass die Zeit der »jüdisch-demokratischen« Machenschaften vorbei ist. Ernst Leitz fährt umgehend nach Berlin, um sich im Reichswirtschaftsministerium zu beschweren. Durch Einschalten seines Bekannten, des Oberregierungsrats Humbert, kann er Türks Leben retten. Der Firmenchef erklärt sich bereit, Herrn Türk umgehend zu entlassen.

Alfred Türk, loyaler Mitarbeiter und Freund, wird mit vollem Gehalt pensioniert und kann die Kriegsjahre unbeschadet überstehen. Nach dem Krieg arbeitet er noch einige Zeit in der Münchner Leitz-Filiale.

Der Familie Ehrenfeld gelingt es über London nach Amerika zu reisen, im Gepäck eine Leica-Ausstattung; diese ist die Basis für den Neuaufbau ihres Geschäftes in Florida.

Nach der Einberufung ihres Mannes zum Kriegsdienst im Jahre 1940 zieht Elsie Kühn-Leitz mit ihren drei Kindern von Münster zurück nach Wetzlar ins Haus Friedwart, das Haus ihres Vaters. Hier fühlt sie sich, umgeben von der Familie und vertrauten Hausangestellten, in Sicherheit.

Die Inschrift an der Balustrade über dem Treppenaufgang spricht von Frieden, und Trost spendet die seit jeher geliebte Christusfigur.

Die Kinderzimmer befinden sich im oberen Stockwerk und Elsie bezieht das nach hinten zum Garten gelegene *Zimmer der Dame*, das Bruno Paul mit einem kleinen Balkon versehen hatte. Von hier aus schaut sie hinaus ins Grüne, in den Garten mit den prachtvollen Rhododendronbüschen.

Cornelia und Knut werden nun von dem Kindermädchen Hedi Bender aus Greifenstein und von Hedwig (Heidi) Weber versorgt, die schon seit 1928 als Haushälterin in Friedwart waltet. Ein weiterer guter Geist ist Wilhelm Willer, seit 1907 der erste Chef-Chauffeur von Ernst Leitz II, der schon Elsie und ihre Brüder zur Schule gefahren hat. Nun nimmt er sich der Kleinen an.

Wie freundlich der Umgang in allen Leitz-Familien zwischen Herrschaft und Angestellten ist, zeigt folgender Entwurf einer Trauerrede von Irene, einer Enkelin von Johanna und Ludwig Leitz, der sich bei den Familienunterlagen fand:

Liebe Trauergäste, liebe Familie,
liebe Freunde von Emma Berghäuser,

Emma war die Haushälterin meiner Großeltern Johanna und Ludwig Leitz. Solange ich denken kann, gehörte Emma zu meinem Leben. Wenn wir von Marburg aus nach Wetzlar zu Besuch in den Laufdorferweg kamen, dann war unser erster Anlaufpunkt im Haus immer

die Küche, und dort stand Emma und nahm uns in Empfang. Es gab immer etwas zu trinken und zu essen, und wir konnten uns zu ihr an den Küchentisch setzen und ihr bei der Arbeit zusehen. Sie unterhielt sich mit uns, während sie Suppe, Hauptgericht und Dessert für das Mittagessen vorbereitete.

Emmas Handgriffe waren immer ruhig und präzise, niemals hektisch. Alles wurde immer auf einen Teewagen gestellt und dann ins Esszimmer gefahren. Die Verspätung meines Großvaters Ludi mit einkalkulierend griff sie irgendwann zum hauseigenen Telefon und rief ihn an. Alles, was Emma auf den Tisch brachte, war köstlich. Sie saß mit uns vor Kopf am Eßtisch und musste eigentlich nie noch einmal in die Küche laufen, weil an alles schon vorher gedacht war. Dank ihr funktionierte der Haushalt perfekt wie ein Schweizer Uhrwerk.

Emma gehörte zum Laufdorferweg 33 wie Ludi und Nana, wodurch ihr Auszug ins Helgebad für mich erst mal völlig unverständlich war, aber sie kam ja gottseidank weiterhin zu ihnen und selbst mit 80 Jahren hat sie mir dort in der Küche noch gezeigt, wie man Rinderrouladen macht.

Vor ein paar Jahren habe ich Emma mal gefragt, wie ihr Rezept für das gesunde Altern lautet und bekam zur Antwort »Arbeiten – immer weiter arbeiten.« Emma wirkte auf mich immer stolz und zufrieden mit ihrer Arbeit. Ich denke jeder von uns hat ein paar wichtige Dinge von ihr gelernt.

Emma war lange genug bei uns, um gehen zu dürfen, aber sie wird uns trotzdem fehlen.

Nun, da die Kinder versorgt werden und in Sicherheit sind, kann Elsie Kühn-Leitz ihrem Vater zur Seite stehen. Es dauert auch nicht lange, bis sie in den Fokus der Gestapo gerät.

*F*rau Dr. Elsie Kühn-Leitz wird von der »Deutschen Arbeitsfront« als Unterlagerführerin in dem zeitweise 600 Köpfe zählenden Lager der Firma Leitz auf der Lahninsel eingesetzt.

Hier versucht sie, das Leben der Frauen so erträglich wie möglich zu gestalten. Sie berichtet darüber:

Über ein Jahr war es mir möglich gewesen, mit Unterstützung der Arbeitsfront im Lager bei den Ostarbeiterinnen tätig zu sein und dafür zu sorgen, daß sie, soweit möglich, ausreichend zu essen bekamen, daß sie Kleider und Schuhwerk erhielten, ich sorgte dafür, daß das Lager richtig eingerichtet und verschönt wurde, daß die Mädchen Radio bekamen, daß eine Nähstube, ein Kaufladen, eine Schusterwerkstätte und anderes eingerichtet wurden, daß die Mädchen regelmäßig zum Baden kamen, die Stuben anständig gesäubert und aufgeräumt wurden, eine Besitzkartei eingerichtet wurde – kurzum, wenn auch unter den

schwierigsten Umständen, so wurde doch alles Mögliche für die Mäd-
chen getan, um ihnen neben der vielen Arbeit in der Fabrik auch noch
einige frohe, abwechslungsreiche Stunden zu verschaffen.

Nina Bezzubenko und eine Freundin

Nina polierte in den Leitz-Werken Linsen. Auf ihre Jacke ist das
Zeichen OST aufgenäht, das alle Arbeiter aus den Ostgebieten tragen
müssen.

Zu einigen der Mädchen baute Elsie Kühn-Leitz eine persönliche
Beziehung auf, und besonders eine junge Frau kann sie nicht vergessen. Sie erinnert sich:

Maria Holliwata

Maria Holliwata war mit 22 Jahren mit einem Trupp von 2000 Russinnen im Juni 1942 aus der Ukraine bei uns eingetroffen. Sie war mir gleich aufgefallen als eine besonders intelligente, frische, lebendige Person. Zu Hause in Winiza war sie Lehrerin gewesen, hatte einen Mann gehabt, von dem sie aber schon lange nichts mehr wusste, und ein kleines Mädchen. Sie hatte im Gegensatz zu den anderen Russinnen blondes, lockiges Haar, strahlend blaue Augen und fiel jedermann sofort durch ihre straffe, stattliche Gestalt auf. Vom ersten Tage ihres Hierseins an hatte ich mich um die Ostarbeiterinnen gekümmert und Maria, die von Anfang an etwas Deutsch sprach, war immer die Vermittlerin und Dolmetscherin für die Wünsche und Nöte ihrer Kameradinnen gewesen. So kam es ganz von selbst, daß sich ein persönliches Verhältnis zwischen Maria und mir herausbildete. Sie kam öfters nach der Arbeitszeit zu uns herauf, und dann ging ich mit ihr in den Garten, gab ihr Blumen, Kuchen und Obst, ließ sie duschen und schenkte ihr von den Sachen, die ich entbehren konnte und die sie beglückten. So trug sie mit besonderer Freude eine strahlend blaue Faschingsbluse meines Mannes. Denn die Ostarbeiterinnen lieben es ja überhaupt, in möglichst bunten Farben herumzustolzieren und möglichst viele bunte Ketten zu tragen.[4]

EIN EINSATZ MIT WEITREICHENDEN FOLGEN
DER FALL PALM

Vater und Tochter in schweren Zeiten

Nachdem die Nationalsozialisten endgültig an die Macht gekommen sind, soll das Deutsche Reich »gesäubert« werden. Im Gau
Hessen-Nassau haben Gauleiter Sprenger und die Gestapo Frankfurt aus eigenem Antrieb den Ehrgeiz, den Gau völlig »judenfrei« zu
machen, das heißt nicht nur die Juden, sondern auch die jüdischen
Partner von sogenannten Mischehen zu deportieren. Am 23. Mai
1943 erreicht diese reichsweit einzigartige, den Richtlinien der
Behandlung von Mischehen zuwider laufende Aktion, nun Wetzlar.
An diesem Tag erhalten Flora Bonus und ihre Schwester Rosa Best

die Aufforderung, am 26. Mai vormittags um 9 Uhr im Gestapo-Gebäude, Lindenstraße 22, zu erscheinen. Hier werden den Frauen geringfügige Vergehen, wie zum Beispiel das Nichtführen des zusätzlichen jüdischen Vornamens *Sara* vorgeworfen. Sie kommen nach Frankfurt in Gestapo-Haft und werden anschließend in ein Konzentrationslager deportiert.

Die Nachrichten über solches Vorgehen beunruhigen Ernst Leitz sehr und er macht sich Sorgen um die Familie des ihm bekannten Optikers und Fotohändlers Hermann Palm in der Krämerstraße. Zu diesem Zeitpunkt wohnt die Masseuse Julie Gerke im Anwesen Friedwart, und Ernst Leitz schickt die junge Frau in das Optiker-Geschäft, um nachzufragen, ob die jüdische Ehefrau noch da sei oder schon von der Gestapo festgenommen wurde. Am Abend berichtet Frau Gerke im Leitz-Familienkreis, dass Frau Palm noch in Wetzlar ist, aber aus Furcht vollkommen aufgelöst sei und mit dem Gedanken spiele, sich das Leben zu nehmen. Ernst Leitz und seine Tochter Elsie wissen, dass schnell geholfen werden muss. Schließlich hat Frau Kühn-Leitz eine Idee, in ihren Aufzeichnungen berichtet sie:

»Das Wichtigste ist zunächst einmal, die Frau in einen anderen Gau, z. B. nach Bayern zu bringen, wo die erneute Säuberungsaktion nach jüdischen Ehepartnern nach meiner Kenntnis noch nicht so scharf betrieben wird und von da aus zu versuchen, auf irgendeinem Wege den Grenzübertritt in die Schweiz zu bewerkstelligen. Ich empfahl als Unterschlupf meine sehr human eingestellte Tante, Frau Ella Bocks in München. Da Eile nottat, denn die Order zur Abholung in das Gestapo-Gefängnis war dieser Familie bereits zugestellt worden, wurde schon wenige Tage danach der Plan ausgeführt. Frau G.(Gerke) fuhr bei Nacht mit Frau P.(Palm) nach München. Dort blieb Frau P. mehrere Wochen in der Wohnung meiner Tante verborgen. Die Gestapo stellte hier keine weiteren Nachforschungen an, da die Familie P. erklärte, die Mutter sei weggefahren, unbekannt wohin. Auch hatte die Gestapo in der damaligen Zeit so viel zu tun zur »Bereinigung der Rassenfrage«

und mit der Verfolgung der ausländischen Arbeiter, daß sie sich Zeit ließ, wohlwissend, daß ihr doch kein Schäflein, auf das sie es einmal abgesehen hatte, auf die Dauer zu entgehen vermochte.

Allmählich wurde aber meiner Tante und Frau P. die Dauer des Wartens und der Ungewissheit bei der Gefährlichkeit der Situation zu lange und Frau G. und ich besprachen die Bewerkstelligung des Grenzübertritts. Nach vorheriger Erkundigung in Frankfurt schien ein Grenzübertritt bei Thingen/Rhein in der Richtung Schaffhausen der beste Weg zu sein. Ich übergab Frau G. eine Landkarte und zeichnete ihr den Weg ein. Ebenfalls beschaffte ich ihr unter Schwierigkeiten 10 Schweizer Franken, damit Frau P. nach dem Grenzübertritt nicht ohne geeignete Landeswährung zu sein brauchte. Frau G. fuhr nach München und die beiden Frauen unternahmen den schwierigen Versuch, die Grenze zu überschreiten. Sie vertrauten sich in ihrer Unbeholfenheit einem Milchmann an, der ein Lastauto fuhr, gaben ihm Geld und einen Feldstecher, damit er ihnen den nächsten Weg zu der schweizerischen Station zeigen und sie geleiten sollte. Dieser aber hatte nichts Eiligeres zu tun, als sie dem nächsten deutschen Grenzbeamten anzuzeigen. So geschah ihre Gefangennahme und Festsetzung im Waldshuter Gefängnis und die Bestrafung der Frau G. wegen Beihilfe zum Versuch des unerlaubten Grenzübertritts. Nach sechs Wochen erfolgte ihre Freilassung und kurze Zeit darauf erneute Verhaftung durch die Gestapo ... Da nun Frau G. erneut im Gefängnis saß und schon vorher Drohungen gegen mich und unsere Familie als Mitwisser und Mithelfer in der Sache der Jüdin P. ausgesprochen hatte, konnte ich damit rechnen, daß nun auch meine Verfolgung einsetzen würde.[6]

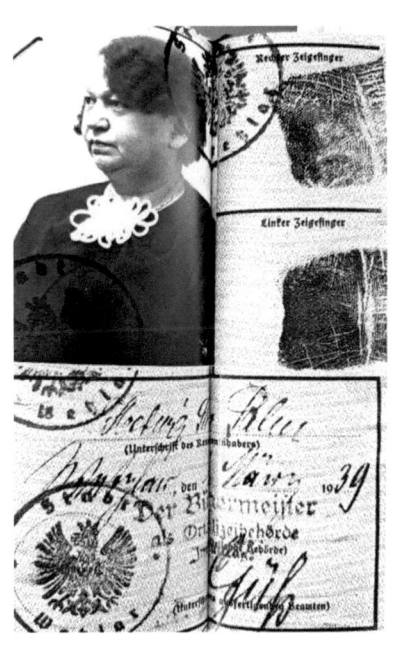

Am 7. Juli 1943 wird die auf der Flucht festgenommene Hedwig Palm ins Gestapo-Gefängnis in der Klapperfeldstraße in Frankfurt am Main[7] eingeliefert. Es ist der Beginn einer langen Leidenszeit. Hedwig Palm pflegt von hier aus, wann immer möglich, einen Briefverkehr mit ihrem Mann in Wetzlar und nimmt somit Anteil am Familienleben und dem Geschäft. Man unterstützt die Gefangene so gut es geht mit Lebensmitteln, Toilettenartikeln, Wäsche und zuweilen etwas Geld. Ein Gedicht, das sie einem Brief an ihren Mann beilegt, lässt ihren Gemütszustand erahnen[8:]

Ich brauche Dir doch nichts zu sagen,
Du weißt doch selber wie mir ist.
Ich brauche Dir doch nichts zu klagen,
Ich weiß, daß Du mich nie vergißt.
Ich weiß, daß Du vor Grübeln lange
Oft wach liegst und nicht Ruhe findest.
Not und Gefahren nicht macht bange
Dich, der Du Rettung für mich sinnst.
Ich brauche Dir doch nichts zu sagen,
Kennst meine Freuden, meinen Schmerz
Ich weiß, Du wirst mir helfen tragen,

Wenn am zerbrechen ist mein Herz.
Was soll es auch, wenn ich erinner
An Tage voller Sonnenschein
Erinnerung ist ein schwacher Schimmer-
Und jenes Glück ist nicht mehr mein.
Was soll es auch, wenn ich beschwöre
Herauf aufs Neue unser Glück.
Dadurch ich nur den Kummer mehre
Und suche immerzu die Brück.
Die Brücke, die zu Dir hin führet
und hinter mir bricht rasch entzwei;
das mein Schicksal nimmer schüret,
uns ewig bleibt, des Lebens Mai.

Hedwig Palm bleibt bis zum 11. November diesen Jahres in Frankfurt. So muss sie neben allen anderen Widrigkeiten auch noch den Bombenangriff auf die Stadt in der Nacht vom 4. auf den 5. Oktober miterleben. Zu dem Zeitpunkt befindet sie sich auf der Krankenstation des Gefängnisses im Hermesweg 5/7. An ihre Familie in Wetzlar schreibt sie:

Das Haus ist vollkommen abgebrannt und habe ich außer einem Schlafanzug, Hemd und Schlüpfer, sowie Morgenrock und Pantoffeln, was ich an hatte, nichts gerettet. Es war ganz furchtbar(...)

Nach diesem Schrecken dichtet Hedwig das bekannte Abendgebet um und schickt es nach Hause:

Nachtgebet
Müde bin ich, geh zur Ruh.
Bomben fallen immerzu.
Flak, o laß die Augen Dein
über unserem Städtchen sein.
Was der Tomi hat getan,

sieh es lieber Gott mal an.
Deine Gnad und unser Mut
macht ja allen Schaden gut.
Allen, die mir sind bekannt,
ist die Wohnung ausgebrannt,
darum haben groß und klein
nur noch Trümmer und kein Heim.
Laß den Mond am Himmel stehn
und die öde Stadt besehn.
Auf Vergeltung warten wir,
daß es dem Tomi geht wie mir.

Amen

Die Briefe von Hedwig Palm aus dem Gefängnis lassen die Bürger Wetzlars erahnen, in welch schlimmer Lage sich die Frau befindet. Auch Elsie Kühn Leitz wird darüber informiert, und sie bemüht sich in dieser Zeit des Terrors verstärkt um die Fremdarbeiterinnen der Firma Leitz für die sie als Oberlagerführerin verantwortlich ist. Als zwei an Tuberkulose schwer erkrankte Ostarbeiterinnen in das Rückführungslager Pfaffenwalde im Vogelsberg verlegt werden sollen, forscht sie zuerst einmal nach.

Das in Pfaffenberg im Vogelsberg gelegene Ostarbeiterlager, ein sogenanntes »Rückführungslager«, ist Unterkunft für sämtliche schwerkranken Fremdarbeiter männlichen und weiblichen Geschlechts aus dem Gau Hessen-Nassau und für die meisten weiblichen Fremdarbeiterinnen, die entbinden und für die im eigenen Lager keine Entbindungsstation vorgesehen ist. Das Lager hat einen sehr schlechten Ruf, und Elsie erfährt von anderen Lagerführerinnen aus der Gegend, die schon einmal vor Ort waren, dass es sich hier in Wirklichkeit um ein Vernichtungslager handelt. Mit allen Kräften wehrt sie sich deshalb dagegen, dass ihre beiden tuberkulosekranken Ostarbeiterinnen dorthin überführt werden. Um sich gegen alle amtlichen Stellen durchzusetzen, nimmt sie sich vor, dieses Lager selbst zu besichtigen und darüber einen Bericht an das Stadt- und Landarbeitsamt sowie die Gaustellen zu schicken. So fährt sie mit Herrn Barth, einem Mitarbeiter der Firma Leitz, aus Wetzlar in den Vogelsberg. Sie berichtet:

Schon beim Betreten des Lagers sah man fast ausschließlich in Lumpen herumlaufende Gestalten, denen das Zeug in Fetzen am Leibe herumhing. Zum größten Teil hatten sie vertierte, verbiesterte oder verrückte Gesichter und ganz verhungerte Gestalten. 400-500 Menschen waren in vier Baracken untergebracht. Sie erhielten pro Kopf mittags und abends einen halben Liter Wassersuppe. Es schwammen zwar ein paar Kartoffeln und Kohlrüben darin herum, aber der wesentlichste Bestandteil war Wasser. Dazu gab es etwas Brot und pro Tag 2-4g Fett — ein Essen, das weder zum Leben noch zum Sterben reichte.(...) In jedem abgeteilten Raum der einzelnen Wohnbaracken waren etwa 16-24 Menschen, Männlein und Weiblein bunt durcheinander, untergebracht. In diesem Raum lagen aber auch zwei oder drei Menschen vollkommen kraftlos im Bett, zu Skeletten abgemagert, junge Mädchen, die schwer schwindsüchtig waren, Kinder, Greise, alte Frauen, keuchend und nach

Luft ringend, teilweise schon ganz apathisch und in Agonie. In jeder Baracke sah ich Sterbende, ein Bild des Grauens, des Ekels. Ein Teil einer Baracke war für die werdenden jungen Mütter der Fremdarbeiter eingerichtet. Es waren zwar ein russischer Arzt und eine russische Ärztin vorhanden, die aber mangels genügend sanitärer Einrichtungen und Arzneimittel nicht helfen konnten. Zwischen all dem Elend, in all der Primitivität und der mangelnden Hygiene wurde entbunden, und dort mußten sich auch die kleinen Kinder mit ihren Müttern die ersten sechs Wochen nach der Entbindung aufhalten.(...)

Einige Männer, die noch Kräfte genug hatten, waren eingesetzt, um den Bauern bei der Feldarbeit zu helfen. Diese hatten es dann etwas besser und bekamen gelegentlich von den Bauern auch zusätzlich zu essen. Einer von diesen Arbeitern erzählte Herrn Barth, daß in diesem Hungerlager täglich fünf bis sechs Menschen stürben, die dann irgendwo im Walde verscharrt würden. Die Menschen dort lebten zwar in der immer mehr verglimmenden Hoffnung, daß sie als Kranke und Schwache wieder in ihr Heimatland zurücktransportiert werden würden. Die meisten waren ja Russen und daher äußerst geduldig, von der russischen Steppe träumend. So saßen sie auch vor den Baracken, vor sich hin sinnend, oder, soweit sie schon vertiert waren, vor sich hinstarrend.(...)

Als wir das Lager verlassen hatten, war ich so erschüttert, daß ich lange auf einem Baumstamm sitzen blieb und mir die herrliche Natur rings umher verekelt war. Ich brauchte Tage, um den Anblick dieser sterbenden Mädchen, die noch ein Kinder- oder Engelsgewicht hatten, loszuwerden und das Röcheln der um Atem ringenden Sterbenden aus den Ohren zu verlieren. Erschüttert kam ich nach zwei Tagen wieder zu Hause mit Herrn Barth an, denn das Reisen auf deutschen Eisenbahnen selbst bei so kleinen Strecken von 100 km wie diese war schon im Jahre 1943 ein schwieriges Unterfangen, weil viele Züge ausfielen und durch Fliegeralarme große Verspätungen entstanden. Ich setzte sofort einen Bericht über meine Eindrücke auf, den ich überschrieb »Pfaffenwalde, Rückführungslager in das Himmelreich.« Er war zur Übersendung an

die vorher genannten Stellen gedacht, doch der 10. September 1943 macht diesem Vorhaben ein plötzliches Ende.

TOD DER MARIA HOLLIWATA

Zurück in Wetzlar wurde ich in der Frühe des 10. Septembers 1943 um 1/2 7 Uhr von einem Wächter des Ostarbeiterlagers angeklingelt, ich möchte sofort herunterkommen, die Ostarbeiterführerin Holliwata liege im Sterben (...) Sie lag in der kleinen Stube auf dem Bett und war schon tot, als ich herunterkam. Die Kameraden erzählten mir, sie habe am Abend schreckliche Kopfschmerzen gehabt und erbrochen. Und dann sei es mit ihr auch schon zu Ende gewesen. Der herbeigerufene Arzt konnte nur noch den Tod feststellen. Die schöne blaue Bluse, die Maria so gern getragen hatte, wurde nun vom Amtsarzt nach allen Richtungen hin zerschnitten und ihr Körper genau untersucht. Als Todesursache wurde Gehirnschlag festgestellt, was bei einer so jungen Frau kaum glaubhaft erscheint. Es wurde zwar untersucht, ob nicht Vergiftung durch Dritte oder Selbstmord vorläge, aber dies konnte nicht ermittelt werden.

Ich ordnete ein ordentliches Leichenbegräbnis für Maria an, bestellte einen Sarg, ein Totenhemd, besprach mit dem Amtsarzt die Leichenobduktion. Während ich noch in Verhandlungen darüber war, erschien einer der mir bekannten jüngeren Beamten der Gestapo, ein Herr M., ein Schnösel von 26-28 Jahren, ein Mensch mit keinem festen Profil, der in seinem Gehabe etwas Zynisch-Überlegenes, Sadistisches, Gallertartiges hatte. Er war schon oft im Lager mit mir zusammengetroffen und hatte mich verwarnt vor allzu humaner und sozialer Einstellung den Ostarbeiterinnen gegenüber, und ich hatte mit ihm schon manchen Disput gehabt, wie über den Kinobesuch der Ostarbeiterinnen, die Ausgangserlaubnis usw. Er machte sich sofort über die Habseligkeiten von Maria her und beschlagnahmte alles, insbesondere ihre Tagebücher. Ich konnte nur noch Herrn Barth verständigen und ihn bitten, die Bücher

an sich zu nehmen und daraufhin durchzusehen, ob Maria mich darin genannt hatte und diese Stellen zu entfernen. Herr Barth hat das auch getan und die mich lobenden Erwähnungen in ihren Büchern geschickt vernichtet.

Bei der Untersuchung sagte Herr M. ganz beiläufig: »Frau Dr. Kühn-Leitz, Sie müssen heute Nachmittag zu einer Vernehmung bei der Gestapo erscheinen.« Aber da ich schon zwei Tage vor diesem Ereignis mit einem Bekannten in Frankfurt bei der Gestapo war, um mich nach dem Verbleib der Frau, zu erkundigen, die von der Gestapo wenige Tage vorher inhaftiert worden war, ahnte ich nichts Gutes.

Lange Zeit später erfuhr ich von unserem Lagerleiter, dass Maria Holliwata wohl als Spitzelin gegen ihre eigenen Volkgenossen für die deutsche Gestapo gearbeitet haben soll, denn sie war die einzige Lagerinsassin, die sich außerhalb der Stadt Wetzlar frei bewegen durfte und sogar mit der Genehmigung der Gestapo nach Frankfurt reisen konnte – eine ganz außergewöhnliche Vergünstigung, da sämtliche anderen Ostarbeiterinnen sich mit ihren Abzeichen nur zu ganz bestimmten Tagen und Stunden außerhalb des Lagers frei bewegen durften. Jedenfalls lag und liegt noch heute ein Rätsel über diesem frühen Tod.[9]

Mein Vater und ich fuhren an jenem 10. September um 2 Uhr nachmittags mit dem Auto zur Gestapo, die sich im »Aldefeld'sche Haus« gegenüber von unserem Häusertorwerk befand. Zunächst wurde mein Vater allein vernommen. An der Vernehmung durfte ich nicht teilnehmen. Nach zwei Stunden des Wartens, die unendlich lang erschienen, kam ich dran. Es waren zwei Wetzlarer und ein Frankfurter Beamter der Gestapo anwesend. Ich wurde nun zu den Einzelheiten des Falles P. (Palm) vernommen, und mir wurde klar gemacht, daß ich eine der größten Todsünden gegen das Dritte Reich begangen hätte, indem ich eine Jüdin, einen Erzfeind des Führers und des Dritten Reichs, unterstützt hätte. Ich erwiderte zum Schluss nur, daß ich mich vielleicht gegen ein von Menschen aufgestelltes Gesetz vergangen hätte, aber niemals gegen das göttliche Gesetz, denn vor Gott seien alle Menschen gleich, ob Juden, Christen oder Heiden, und das Gesetz der Menschlichkeit habe mich zu diesem Tun veranlasst, ich hätte also nichts zu bereuen. Da erklärte mir Herr G., ich sei mir wohl darüber klar, daß ich von diesem Moment an kein freier Mensch mehr sei, sondern verhaftet wäre und sofort nach Frankfurt ins Gefängnis käme, auch sei meine übertriebene Humanität gegenüber den Ostarbeiterinnen bei allen Parteistellen bekannt. Ich bat nur darum, mir noch von zu Hause einige notwendige Sachen mitnehmen und mich von den Meinen verabschieden zu dürfen.

Als ich gegen 7 Uhr abends mit den Beamten der Gestapo zu Hause erschien und erklärte, ich müsse mitfahren, war große Aufregung. Ich bat unsere getreue Köchin um ein paar Brote, ging in mein Zimmer, auf Schritt und Tritt begleitet von den wachsamen Beamten, packte schnell einige Bücher zusammen, das notwendigste Waschzeug, und mein treuer Vater gab mir noch seine eigene Sofadecke mit, damit ich etwas Warmes zum Zudecken im Gefängnis hatte. Dann ging ich zu meinen Kindern, die gerade im Badezimmer gewaschen wurden, und

sagte ihnen, ich müsse für mehrere Tage nach Frankfurt ins Krankenhaus. Instinktiv spürten sie, dass sich etwas Wichtiges mit mir ereig-
net hatte, sie waren sehr ängstlich, drückten sich an mich und fragten:
»Mutti kommst du auch bestimmt nach drei Tagen wieder?« »Ganz
gewiss, ich komme ganz schnell wieder«, erwiderte ich. Selbst auf die
Toilette ließen mich die Beamten nicht allein gehen, sondern blieben
unmittelbar davor stehen und zählten die Minuten, die ich auf diesem
Ort zubrachte.

Der Bericht vom Gefängnisaufenthalt folgt den persönlichen Aufzeichnungen von Dr. Elsie Kühn-Leitz.

Polizeigefängnis Klapperfeldstraße Frankfurt

Zwei Gestapo-Beamte brachten mich mit dem Auto zum Polizeige-fängnis der Gestapo in der Klapperfeldstraße in Frankfurt/M. In der Aufnahme wurden alle Sachen aufgeschrieben, die ich hatte, Koffer, Bücher, Geld, Uhr und Wertsachen sowie Scheren und Messer abge-nommen, nur das Waschzeug und die Decke durfte ich behalten. Dann ging es durch eine eiserne Tür in die Frauenabteilung. Dort musste ich mich dann splitternackt ausziehen und wurde sozusagen von Kopf bis Fuß untersucht.

Meine Zelle war 1,65 x 3,00 m groß. Es war darin ein Klappbett mit einem Holzwollsack, in dem, wie sich später herausstellte, viele Wanzen und Läuse waren, die besonders bei Nacht eine rege Tätigkeit entfalteten. Auf dem Bett lag eine einzige schmutzige graue Wolldecke. Ein sogenannter Kübel zur Erledigung der Notdurft stand in einer Ecke. Ferner war in der Zelle ein kleiner Holzhocker, ein ganz kleiner aufklappbarer Tisch und ein kleines Regal zum Ablegen der Waschsachen sowie Waschschüssel und ein Metallbecher zum Trinken. Ich konnte schon in dieser ersten Nacht kein Auge zutun. Nicht bloß die ungewohnte Umgebung, sondern auch der ungeheurere seelische Druck, der auf mir lag, ließen mich nicht zur Ruhe kommen. Gegenüber in einer Zelle hatte man eine alte Frau untergebracht, die die ganze Nacht heulte, jammerte und schrie.

Ihre Geschichte

Die alte Frau war eine weißhaarige, bucklige, an Stöcken gehende Greisin aus der Frankfurter Altstadt, die den Leuten die Karten legte und als Katzenmutter und Wahrsagerin bekannt war. Da Wahrsagen, Ausderhandlesen, Graphologie, Horoskopstellen usw. im Dritten Reich strengstens verboten war, wurde auch diese Frau von der Gestapo festgenommen. Sie sollte auch einer Frau den Tod ihres Mannes bei Stalingrad vorausgesagt haben, was als ein schweres Verbrechen galt und als Unruhestiftung im Volke aufgefaßt wurde. Ihr Mann, so wurde gesagt, hatte sich von ihr scheiden lassen, aber sie hing immer noch an ihm, und wenn sie in der Nacht weinte und sprach, so hörte man immer: »Ach, Heinrich, Heinrich, wann kommst Du denn und holst mich?« Dann sprach sie wieder den Polizeihauptmann in ihren Selbstgesprächen an: »Herr Hauptmann, Herr Hauptmann, was sind Sie für'n wunderschöner, lieber guter Mann! Helfen Sie mir doch, helfen Sie mir doch. Wie können Sie eine arme alte Frau so zugrunde gehen lassen, das ist doch nicht recht und bestimmt nicht Gottes Wille!« In ihrer Verzweiflung schüttete sie Waschbecken und Kübel um, sodaß sie dann im Nassen lag und noch mehr jammerte und schrie. Die ganze Nacht war in ihrer Zelle Bewegung. Eine Zeitlang hatte man sie sogar, damit sie nicht so lamentierte und Unfug stiftete, in Ketten gelegt. dann rattelte sie mit den Ketten, schlurfte und schrie noch erbärmlicher. Sie war aber nur noch zehn Tage im Gefängnis, dann wurde sie in ein Konzentrationslager gebracht, wo sie schnell vom Diesseits ins Jenseits transportiert wurde als »unnützes Übel und unnützer menschlicher Ballast«, wie der Gestapo-Beamte auf Nachfrage erklärte.

Ein normaler Tagesablauf

Der Tag im Gefängnis beginnt meistens um 4 Uhr. Dann stehen die diensthabenden Wachtmeisterinnen auf und wecken das Küchenpersonal. Die Mädchen werden in die Küche im Keller beordert, wo sie Feuer anmachen, Töpfe reinigen und Kaffeewasser aufsetzen. Gegen 5 Uhr werden alle Gefangenen geweckt. Mit einem schweren rasselnden Schlüsselbund kommt die diensthabende Wachtmeisterin, schließt die Zellen auf und steht wie ein Dragoner dabei, während jede Gefangene ihren Kübel ergreifen muss, um diesen dann in dem sogenannten Kübelraum auszuleeren und zu reinigen. Der Kübelraum ist ein beliebter Treffpunkt und Austauschplatz für Lebensmittel und andere notwendige Artikel. Der Geruch ist furchtbar, kaum zum Aushalten, und trotzdem ist es eine Erleichterung nur für wenige Augenblicke aus der Zelle herauszukommen. Nach dem Kübeln kommt das Wasserholen, das Waschen und danach das Reinigen der Gefängniszelle. Der einzige Schmutz, der zu beseitigen ist, ist die Holzwolle, die aus dem weitmaschigen Bettstrohsack herausgefallen ist. Gegen 6 Uhr gibt es dann Kaffee, die Zellen werden wieder aufgeschlossen, man tritt in Reih und Glied an, um sein Stück trockenes Brot und seinen dünnen Kornkaffee in Empfang zu nehmen. Dann geschieht wieder nichts und so man Kraft dazu hat, macht man 1-2 Stunden Gymnastik. Elsie macht täglich 50 Kniebeugen, Ballett-Übungen und alles wird mit einem Handstand an der Zellentür abgeschlossen. Zwischen 10 und 11 Uhr vormittags werden die Frauen auf den Hof geführt, doch es gibt Tage, an denen die Wachtmeisterinnen keine Zeit oder keine Lust haben, und

wenn das Wetter schlecht ist, unterbleibt auch diese winzige, armselige Erholung.

Zwischen 11 und 12 Uhr wird die Mittagssuppe ausgeschenkt. Fast jeden Tag gibt es dieselbe dünne Wassersuppe mit ein paar Kartoffeln, Weißkraut, selten Wirsing, gelegentlich auch Rotkraut und öfters Kohlrabistückchen. Zweimal pro Woche schwimmen auch fein gemahlene Fleischstückchen darin herum. Elsie erinnert sich daran, was sie in der Küche des Rückführungslager gesehen hat. Die letzte Mahlzeit des Tages gibt es um 5 Uhr, meist einen dünnen Malzkaffee und ein Stück trockenes Brot, zweimal in der Woche ein Stück Weißkäse und anstelle des Brotes einen Brei oder Nudeln. Das ist dann ein besonderer Festtag. Man hebt sich von dem Brei noch etwas für den nächsten Tag auf, denn alle Gefängnisinsassen haben stets großen Hunger. Zusätzliche Nahrungsmittel darf man nur mit Genehmigung der Gestapo erhalten. Alle 14 Tage darf man einen Brief nach Hause schreiben, auf einem kleinen Stück Papier, auf dem die Zeilen vorgezählt sind. Elsie bittet dabei auch um Lebensmittel, was der Gefängnisarzt genehmigt, und zusammen mit frischer Wäsche werden diese geliefert. Beim Kübeln und beim Hofgang werden die spärlichen Reste geteilt.

Für Elsie Kühn-Leitz ist der Tag nur einigermaßen erträglich, wenn die Sonne scheint. Da ihre Zelle nach Süden liegt, kann sie, wenn sie auf dem kleinen Hocker steht, die Sonne über den Häusern der »Unteren Zeil« heraufsteigen sehen und sie bis zu ihrem Untergang über der westlichen Häuserreihe so gegen 4 bis 5 Uhr nachmittags verfolgen. In Ermangelung von Büchern, die ihr in der ersten Zeit verweigert werden, steht sie so stundenlang da und versucht die Sonnenstrahlen zu erhaschen und sich bescheinen zu lassen. Da jede Zelle ein Guckloch hat, durch das die Wachtmeisterinnen unzählige Male am Tag hindurchschauen, um zu sehen, ob die Gefangenen etwas Unerlaubtes tun, muss die Gefangene ihr Ohr stets gespannt auf die Geräusche in Flur richten. Die Nächte sind furchtbar. Sie berichtet:

Ich entsinne mich noch lebhaft dieser ersten Tage, an denen die Gedanken kreisten wie ein Mühlrad, das Herz immer stärker und stärker klopfte, so stark, daß selbst ein kühler Waschlappen bei Nacht aufs Herz gelegt, keine Beruhigung brachte. Keine Nacht konnte ich durchschlafen, ich hörte jede Stunde schlagen und wusste genau: Jetzt schlägt die Glocke der Katharinenkirche, jetzt die der Paulskirche, der Nikolaikirche, die von St. Leonhardt und die des Domes. Dieses stündliche Hören der Glocken hatte trotz allem etwas Beruhigendes und Tröstliches, denn man wusste, das alte, ewige von der Geschichte reich durchtränkte Frankfurt lebte noch, so wie es seit Jahrhunderten bestand. Dieselben alten Glocken hatten Goethes Geburt eingeläutet und seine Kindheit und Jugend begleitet, sie erklangen bei den Krönungen der deutschen Kaiser, und sie ertönten, als Deutschlands Einheit 1848 begründet wurde. Das einzelne Schicksal im Zeitgeschehen wurde unwichtig und verlor an Schwere. Zu einer bestimmten Zeit des Nachts stand auch im September und Oktober mein Lieblingssternbild, der Orion, direkt über dem Amtsgericht am Himmel, und ich empfand es als gute Vorbedeutung, daß gerade dieses Sternbild fast jede Nacht, wenn nicht gerade Nebel die Sterne verhüllte, sichtbar war.[10]

SCHICKSALE

In der Einsamkeit ihrer Zelle sinniert Elsie Kühn-Leitz über die vielen leidenden Frauen, die aus unterschiedlichsten, zum Teil nichtigen Gründen, mit ihr einsitzen. Sie erinnert sich:

Da war eine junge Industriellenfrau, die mit einem Christen verheiratet war und erst vor einem Vierteljahr das letzte Kind zur Welt gebracht hatte, eine hübsche, blonde, gar nicht jüdisch aussehende Person. Man hatte sie von ihrem Mann und dem Säugling weggerissen, und es stand für sie und für uns alle fest, dass sie nach Auschwitz ins Vernichtungslager kommen würde.

Da war eine ungarische Jüdin mit roten Haaren, Ende vierzig, die bereits über 5 Monate in ihrem Käfig mit den blaugefärbten Fenstern saß, der man alles, was sie besaß, abgenommen hatte, und die keine Zukunft und keinen Trost mehr erwarten konnte.

Da war die Frau eines Direktors der IG Farben, S., ebenfalls Jüdin, eine Frau in mittleren Jahren mit gesunden kräftigen Söhnen, der man ebenfalls das Lager Auschwitz zudiktiert hatte. Sie war schon so schwach, daß sie bei den Spaziergängen überhaupt nicht mehr gehen konnte, sondern auf einem Stein im Hof still saß und mit großen, in sich gekehrten Augen vor sich hinstarrte, die die Traurigkeit und all das Leid, das über diese armen Menschen Schicksale ausgeschüttet wurde nicht mehr zu fassen in der Lage waren.

Da war eine elegante und charmante, junge russische Aristokratin. Sie war aus altem Adelsgeschlecht und schon nach der russischen Revolution mit ihren Eltern nach Deutschland gekommen. Später wurde sie Tänzerin und Sängerin und da sie intelligent war und verschiedene Sprachen sprach, hatte die Gestapo sie schon mehrere Male festgenommen, wegen Spionageverdacht. Doch sie ließ sich nicht unterkriegen, hatte immer ein Lächeln oder ein frohes Lied auf den Lippen. Sie hatte eine solche innere Kraft, daß sie nichts erschüttern und nichts umwerfen konnte.

Da war eine junge deutsche Sekretärin aus der Bauer'schen Gießerei in Frankfurt. Sie hatte Freundschaft mit einem jungen Ukrainer geschlossen, der sie später heiraten wollte. Der junge Mann trug ihr Bild immer bei sich und als er eines Tages von der Gestapo untersucht wurde, fand man dieses Bild und so wurde man auf sie aufmerksam. Sie saß schon fast drei Monate im Gestapogefängnis und wartete jeden Tag sehnsüchtig auf den Abtransport ins Konzentrationslager, nur um aus der Gefängnisenge herauszukommen. Man hatte ihr das Haar völlig kurz geschoren, wohl als Strafe dafür, daß sie ein besonders schweres Verbrechen begangen hatte, nämlich sich mit einem Ausländer einzulassen.

Da war eine Lehrerin aus einem kleinen Dorf bei Limburg. Sie war die Kusine des Bischofs Hilfrich von Limburg. Die Gestapo hatte sie verhaftet, weil sie strenggläubig katholisch war und bei einem Besuch eines höheren Nazibonzen in der Schule ihre Kinder erst ein Gebet zu Ende beten ließ, ehe sie auf die Wünsche des Besuchers einging. Sie war schon im Herbst 1942 verhaftet worden, saß dann sieben Monate im Polizeigefängnis, wurde dann ins Konzentrationslager Ravensbrück abtransportiert und kam im Herbst 1943 erneut nach Frankfurt zurück. Es war eine äußerst tapfere und fleißige Frau, die ihre ganze Kraft und seelische Haltung nur aus den ständigen Gebeten schöpfte.

Da war ein anderes junges Mädchen aus der Limburger Gegend, die Sekretärin bei den Heddernheimer Kupferwerken war. Sie wurde nach ihrer Geburtstagsfeier verhaftet. Bei dieser Gelegenheit waren ihre Bekannten und einige Mitarbeiter anwesend. Es gab schöne Dinge zu essen, die ihr ihre auf dem Land lebenden Eltern geschickt hatten. Einer aus der Tafelrunde äußerte nun: »Wie wir hier leben, das ist auch nicht erlaubt, das dürften der Führer und die hohen Herren nicht sehen und wissen.« Daraufhin nahm Anni Hitzinger im Scherz das Führerbild von der Wand und hängte es auf die Rückseite. Allein diese Tatsache, die irgendein böswilliger Gast der Gestapo gemeldet hatte, genügte, um sie für fast ein Jahr ins Gefängnis zu verbannen. Sie saß erst für drei

Monate im Frauengefängnis in Höchst und danach acht Monate im Polizeigefängnis in Frankfurt.

Da war eine junge Mutter von fünf Kindern, Käthe B., aus Okriftel bei Frankfurt/Main. Ihr Mann war Hilfsarbeiter und verdiente sehr wenig. Deshalb verdiente sie sich zusätzlich Geld durch Waschen für Ausländer und backte einmal einen Kuchen für einen Litauer, den sie näher kannte und schenkte ihm Zigaretten zum Geburtstag. Diese Tatsache wurde der Gestapo gemeldet. Sie wurde verwarnt, und als sie dann nochmals für einen Ausländer etwas Freundliches tat, wurde sie verhaftet und zwar mit der Begründung, sie habe mit Ausländern Verhältnisse gehabt. Sie kam dann vier Monate ins Polizeigefängnis und wurde für über ein Jahr ins Konzentrationslager Ravensbrück geschickt.

Beim Grübeln über all das Unrecht versucht Elsie Kühn-Leitz immer mit etwas Erfreulichem zu enden, und sie denkt zurück...

Da war auch ein liebes und reizendes Geschöpf, ein junges deutsch-russisches im Tanzen und Singen ausgebildetes Mädchen, Wera B. Sie kam aus Mariapol, von wo sie mit ihren Eltern, der Vater war Deutscher, mit den zurückflutenden Armeen mitgezogen war. Nach ihren Erzählungen waren sie in Polen in einen Bombenangriff gekommen und Wera hatte dann auf dem Bahnhof einer mittelgroßen polnischen Stadt ihre Mutter nebst den anderen Geschwistern verloren und war mit deutschen Soldaten zusammen, die sie von Mariapol her kannte, mit bis nach Frankfurt gekommen. Da sie keine Ausweise hatte und nicht wusste, wo ihre Angehörigen waren, steckte man sie ins Polizeigefängnis. Dort blieb sie sieben Wochen, verschwand eines Tages; entlassen wurde sie nicht, sie kam in irgendein Heim für gefallene Mädchen. Die Kleine machte uns viel Freude, denn sie war trotz ihrer Einsamkeit meist fröhlich aufgelegt, sang und trällerte russische Lieder und Operettenmelodien, was allerdings verboten war, doch es gab immer einmal eine Gelegenheit, wo die Wachtmeisterinnen nicht so nahe waren und sie dann ihrem Sangesbedürfnis Luft machen konnte. Eine Wachtmeisterin besonders, Fräulein H., war sehr menschenfreundlich, und sie gestattete der Kleinen auch, an Sonntagen bei unseren 20 Minuten-Spaziergängen im Hof zu tanzen, Rad zu schlagen und allerhand akrobatische Dinge aufzuführen, an denen ich mich gelegentlich beteiligte.

GESTAPO-VERHÖRE

Jeden Morgen warten die Gefangenen so gegen 6 Uhr auf den Aufruf der Wachtmeisterin: »Präsidium, Stapo, Präsidium, Stapo« das bedeutet: Polizeipräsidium oder Gestapo in der Lindenstraße. So grässlich und ungewiss der Gedanke auch ist: »Was will die Gestapo jetzt wieder von mir? Wirst du verhört werden? Wirst du woanders eingesperrt? Wirst du freigelassen?« usw.. So bedeutet doch allein das Gefühl, einmal heraus aus der Zelle zu kommen, andere Menschen zu sehen, und vielleicht sogar ein Stückchen von Frankfurt im Vorbeifahren zu erhaschen, eine seelische Erleichterung. Die Frauen werden in die »Grüne Minna« verfrachtet; diese hat eine Gemeinschaftszelle und mehrere kleine Zellen, die so eng sind, daß man kaum darin sitzen kann. Meist werden in eine solche kleine Zelle zwei bis drei Personen zusammengestopft und man kann kaum atmen. Ein Glücksfall ist es, wenn es einem gelingt an dem Guckloch hinter dem Chauffeur-Sitz zu stehen, denn dann kann man in gebückter Haltung hinausschauen und etwas von den Straßen Frankfurts, den freien Menschen, den großen Plätzen und Bäumen sehen.

Angekommen muss man erst einmal auf einem Bänkchen im Flur mehrere Stunden warten. Elsie erhält dann die Reden des bekannten und von ihr hochverehrten Bischofs von Münster, Clemens Graf von Galen, zu lesen, damit man nachher beim Verhör eingehend ihre Meinung dazu abfragen kann. Der Bischof hatte unter anderem gesagt, man solle als Christ nicht Gleiches mit Gleichem vergelten. Auf die Vernichtung von Münster am 4. Juli 1941 sollten wir Deutsche nicht

so reagieren, dass wir nun dächten, ebenso viele englische Kinder, Frauen und Mütter müssten auch vernichtet werden, sondern wir sollten das als Gottes Fügung auf uns nehmen, ohne Rachegedanken. Elsie hält das für eine durchaus christliche Auffassung und erklärt, dass sie persönlich gegen jeden Krieg ist. Aber das ist schon zu viel.

Beispiel für ein typisches Gestapo-Verhör:

Herr G. war das, was man einen eleganten Mann nennt. Er hätte auch Pferdetrainer sein können, schlank, groß mit langem Schädel, schmalem Gesicht, mit leicht zynischem Ausdruck in Haltung und Gebärde seinen »Fällen« gegenüber. Er war ein richtiger Sadist, der seine diebische Freude daran hatte, die Menschen, über deren Schicksal er zu entscheiden hatte, zu quälen. Nach außen hin zeigte er das Gesicht eines jovialen Mannes. Er bot dem armen Opfer Zigaretten an und zog gelegentlich aus seinem Pult eine Schnaps- oder Weinflasche hervor, aus der er seinem Opfer etwas abgab, um ihm dann hinterher mit einer legeren Handbewegung, als ob man jemand zum Kaffee einlüde, zu sagen: »Ich habe übrigens Antrag auf Konzentrationslager für Sie gestellt.«

Mir schenkte er auch einmal Zigaretten, die ich mir mit in die Zelle nahm, um sie gelegentlich zu rauchen. Dort wurden sie gefunden, und mir wurden auf seine Anweisung deshalb für 14 Tage die Bücher entzogen. Wenn man ihn fragte, wie lange denn eigentlich die Haft dauern sollte und was beabsichtigt sei, sagte er meist, es würde sich in den nächsten Tagen entscheiden, in 2 oder 3 Tagen sei alles vorbei. In Wirklichkeit war das alles Lüge, er dachte gar nicht daran, sondern das Opfer wurde eben gequält.

Die Gefangene erinnert sich auch an etwas wahrhaft Perfides:

Eine Wachtmeisterin hatte mit mir eine ganze besondere Erziehungsmaßnahme vor. Sie wusste, daß ich wegen Judenbegünstigung ins Gefängnis gekommen war, und wenn sie mich sah, dann hielt sie mir Predigten, weil ich wohl Julius Streichers Buch »Juden an Königshöfen« (oder so ähnlich) nicht gelesen hatte, und daß es unverständlich sei, wie ein gebildeter Mensch Juden begünstigen könne. Ich sollte sie mir mal ansehen. Und sie nahm mich jedes Mal, wenn sie Dienst hatte, mit hinauf zu den Judenfrauen, die hoch unter dem Dach in einer großen Gemeinschaftszelle untergebracht waren, jede innerhalb eines kleinen Käfigs. Die Fenster waren blau angestrichen, so daß nie ein wirklicher Schimmer von Tageslicht hereinfallen konnte. Dort saßen nun die armen Unglücklichen bei Tag und bei Nacht. Es waren viele weiß- und grauhaarige Frauen darunter, teilweise schon so apathisch, daß sie kaum mehr aufschauten, wenn jemand hereinkam, denn sie saßen oft schon sieben und mehr Monate dort. Jene Wachtmeisterin ließ mich dann vor jedem Käfig einige Minuten stramm stehen, damit ich Gelegenheit hatte, mir den »Abschaum der Menschheit«, wie sie diese armen Menschen nannte, genügend anzusehen, und dementsprechend sollte mein Abscheu und mein Hassgefühl gegen die Juden geweckt werden. Aber ganz das Gegenteil war der Fall. Mein Mitleid wurde noch größer, wenn ich die armen gequälten Seelen, was späterhin noch öfter geschah, auf den Treppen beim Gang auf den Hof erblickte oder in ihre Nähe kam, haschte die eine oder andere nach meiner Hand, um sie zu drücken oder von mir ein gutes Wort zu hören, denn die Jüdinnen wussten sehr bald, wer ich war und daß ich saß, weil ich eine ihrer Schwestern begünstigt hatte.

Das schrecklichste Erlebnis während der ganzen Gefängniszeit sind jedoch die Großangriffe auf Frankfurt. Schon Ende September hat Elsie Kühn-Leitz Albträume auf Grund der Fliegerangriffe. Sie erinnert sich:

Die Alarme wurden bei Tag und Nacht immer heftiger, und am 4. Oktober war es so weit. Um 12 Uhr nachts ging das Unwetter los. Vorher war Alarm gegeben worden, aber das rührte die Gefängniswärter nicht. Die Gefangenen hatten alle in ihren Zellen zu bleiben. Und dann war plötzlich über Frankfurt der Himmel blutrot erleuchtet. Es heulten die Bomben. Es stürzten die Häuser der Zeil zusammen. Es prasselte das Feuer. Es war ein schreckliches Wüten und Toben. Im Gefängnis schrien die Menschen. Die Frauen, die im Käfig saßen, rüttelten an den Gittern, heulten wie die Tiere. Es war unvorstellbar, so, als wenn der Himmel aufgebrochen sei, die Sintflut über die Menschen herabstürzte. Kurzum, es war eine entsetzliche Weltuntergangsstimmung.

In dieser schrecklichen Nacht stand ich allein an die innere Zellentür gelehnt und betete ununterbrochen, gottergeben und mich ganz allein als sein Geschöpf fühlend: Herr, Dein Wille geschehe! und in diesem Gefühl war ich nicht ängstlich, nicht erschüttert, nicht traurig, sondern zuversichtlich und still. – Nachher konnte man kaum mehr atmen, denn die Bomben, die ringsumher gefallen waren, hatten sämtliche Fenster zerschlagen, die Rauchschwaden und der Qualm des Feuers von allen benachbarten Häusern schlugen in die Gefängniszellen herein. Man konnte sich nur mühsam mit einem nassen Taschentuch vor dem Munde vor diesem furchtbaren Rauch schützen.

Während diesem höllischen Treiben ging nur eine einzige Wachtmeisterin durch die Gänge. Sie hatte sich nicht in den sicheren Luftschutzkeller begeben und stand während ihres Wachtdienstes treu zu ihren Gefangenen. Sie war die Jüngste und war auch nur kurze Zeit vom Arbeitsamt für diesen schweren Posten verpflichtet. Wie ein Engel wanderte sie unerschrocken in den Gängen umher, schloß ab und zu die eine oder andere Zellentür auf, tröstete die verzweifelten Gefangenen und sprach ihnen Mut zu.

So habe ich noch verschiedene schwere Bombennächte im Gefängnis miterlebt. Wie oft habe ich in dieser Zeit der Düsternis, Verlassenheit und Einsamkeit gedacht: Weiter geht es nicht mehr. Noch einige Wochen und dann kommt das Konzentrationslager, das hältst du nicht mehr aus, das machen deine Nerven nicht mehr mit, das willst du auch nicht – und hätte gewünscht, mein Leben beenden zu können, damit diese seelische und körperliche Qual endlich aufhörte. Ich hatte auch so viel Störungen beim Sehen, Herzstörungen, periodische Störungen und war von den vielen Wassersuppen schon ganz geschwollen an Beinen und Leib. In dieser verzweifelten Lage kreisten meine Gedanken einzig um den Pol: Ach, wenn du wieder auf die Gestapo kommst und bist im Zimmer des Referenten, dann reißt du das Fenster auf und springst hinunter, dann hört deine Qual endlich auf.

Merkwürdigerweise entschloß sich die Gestapo die Jüdinnen, die direkt unter dem Dach waren, während des Vollalarms in ein Gemeinschaftszimmer im Parterre zu bringen, damit sie auf jeden Fall für die Vergasung in Auschwitz erhalten blieben. Einmal wurde ich sogar zusammen mit ihnen im Parterre eingesperrt und konnte mich kaum retten vor ihren Liebkosungen. Sie drückten mir die Hände, küßten mich, gewissermaßen als bedeutete meine Anwesenheit einen Talisman für sie.

Als mein treuer Vater mich am 16. Oktober im Gefängnis besuchte und für zehn Minuten Sprecherlaubnis erhielt, erzählte ich ihm auch, daß das Furchtbarste diese Bombennächte seien, und er versprach, mir zu helfen im Hinblick auf meine drei kleinen Kinder. Er kontaktierte seinen alten Freund, Direktor Willy Hof, den Erfinder und Inspirator der Idee der Reichsautobahn, und dieser Mann war den Gestapo-Leuten etwas unheimlich.

Es gelang dann auch Herrn Direktor Hof nach Rücksprache mit dem Gestapo-Beamten G. und dem Polizeihauptmann, daß ich bei Alarm als ausgebildete Sanitätshelferin in den Keller kam. Es mag bei den Verhandlungen wohl auch eine Rolle gespielt haben, dass ich ein Mitglied der Familie Leitz bin und hinter den Leitz-Werken immer eine Weltfirma steht. So ganz wollte es auch die Gestapo nicht mit der Firma Leitz verderben, vielleicht schon im Hinblick auf die Zeit nach dem Nazi-Regime. Trotz der Erleichterung war mir die Bevorzugung auch schrecklich unangenehm, denn wenn mein Name bei Alarm durch die Gänge geschrien und mir die Zelle aufgeschlossen wurde, um nach unten in den Luftschutzkeller zu kommen, hörte ich schon die neidischen bösartigen Worte der anderen Gefangenen, die mich am nächsten Morgen bei der Essensausgabe oder beim Spazierengehen das fühlen ließen: »Na, die Frau Doktor ist wohl was Besonderes, daß sie als Einzige in den Keller darf.«

Am 19. November wird Elsie Kühn-Leitz wieder einmal zum Verhör geholt, aber an diesem Tag darf sie zum ersten Mal nach zehn Wochen wieder durch die Straßen Frankfurts gehen. Sie berichtet:

Mir wollten die Knie schier versagen. Ich war das Gehen nicht mehr gewohnt, mich blendete das viele Licht. Der Gedanke, daß neben mir lauter freie Menschen gingen, die von meinem Leid und von dem, was sich in Deutschland in den Gefängnissen und Lagern abspielte, nichts ahnten, nichts wußten und nichts wissen wollten, verbunden mit dem Gefühl der halben Freiheit, erschütterte mich derartig, daß ich ununterbrochen weinte und so schluchzend an der Seite des Gestapo-Beamten durch die Zeil wankte. Der Beamte herrschte mich an, ich müsse mich zusammennehmen, es dürfe keiner etwas merken, daß ich Gefangene sei. Dies brachte mich wieder zu mir selbst. Und dann sah ich auf der Gestapo zum ersten Mal in meinem Leben mit Bewusstsein meinen späteren Befreier, Herrn Direktor Hof, ein großer älterer Herr mit frischen Gesichtsfarben, weißem, vollen Haar, strahlend blauen Augen. Mit großer Zuversicht und Sicherheit redete er nicht nur mit mir, sondern auch aus Klugheit und Berechnung mit den Gestapo-Beamten, so ganz kameradschaftlich in dem Sinne, daß er ihre Methode völlig anerkenne und respektiere. Natürlich hätte ich eine Tat begangen, die völlig zu verurteilen wäre, ein Verbrechen, das man nur als falsch geleiteten Edelmut oder überhumane Einstellung bezeichnen könne. Ich wäre aber schon zur Einsicht gekommen und würde auch bestimmt nichts mehr gegen das Dritte Reich unternehmen. Er brachte mir Nachricht von meinen Angehörigen und, Gottlob! auch etwas zu essen.

In der Nähstube

Wiederum durch Vermittlung von Direktor Hof kommt Elsie Kühn-Leitz in die Nähstube. Welch eine Erleichterung ist das, denn hier kann man sich auf 20 m² bewegen und sich leise mit den anderen unterhalten. Es sind nie mehr als sechs bis sieben Frauen oder Mädchen anwesend. Sie werden von früh 7 Uhr bis abends 6 Uhr in der Nähstube eingesperrt, flicken dann Bettbezüge, Gefängniskleidung, Kittel und halten die Wäsche für die Kalfaktoren und den Polizeihauptmann in Ordnung. Da es nur zwei Nähmaschinen gibt, kommen die Frauen dran, die am besten nähen können. Die anderen müssen stopfen und flicken oder Basteleien für die Winterhilfe anfertigen, das heißt Puppen und Tiere herstellen. Elsie erinnert sich:

Ich habe wohl einige Dutzend Hasen und Hündchen gemacht und ebenfalls Puppen. Die Puppen bestanden aus Stoff, der mit Kapok gefüllt war, und ihre Kleidchen wurden aus Musterkollektionen gefertigt. Man durfte sich mit den Mitgefangenen leise unterhalten. Der gute Geist der Nähstube war stets die für sich still den Rosenkranz betende Lehrerin Maria Hilfrich, ferner die Frau und Mutter, die wegen Begünstigung der Ausländer saß und zu Hause fünf kleine Kinder hatte, ein derbes, humorvolles aber ganz fleißiges Geschöpf. Dann Anni Litzinger, das junge Mädchen, welches an seinem Geburtstag das Hitler-Bild auf die andere Seite gehängt hatte. Das Biest der Nähstube war die Eisenbahnschaffnerin E., die ihrer kommunistischen Gesinnung freien Lauf ließ und mich bei passender und unpassender Gelegenheit seelisch marterte, so in dem Sinne:

»Na ja, die Frau Doktor, die ist zu fein dafür, die kann das mal wieder nicht. Die Frau Doktor wird mal wieder in den Keller geführt. Reiche Leute haben natürlich mehr zu essen als wir.«

Es war ihr ganz gleichgültig, ob ich jedes bisschen, was ich bekam in sechs bis sieben Teile teilte, ein Ei, einen Apfel, ein bisschen

Schokolade, eine Thermosflasche voll Kaffee, kurzum, ich teilte alles restlos. Sie wusste auch, wie glücklich ich war in der Nähstube zu sein, aus der Einsamkeit der Einzelhaft herauszukommen. Gerade deswegen steckte sie sich hinter die Wachtmeisterin, daß ich möglichst die erste war, die abends wieder in die Zelle zurückgeführt wurde, während die anderen Frauen, darunter sie selber, noch länger dort blieben, sich dort wuschen und teilweise auch in der Nähstube auf dem Boden übernachteten. E. leistete sich manche Freiheiten. Mit ihrer Frankfurter Schnodderschnautze kam sie überall durch und blieb auch den Wachtmeisterinnen kein Wort schuldig. Nach Tisch hielt sie ausgiebig Mittagsruhe und verschwand mit Frau K. hinter dem Vorhang, hinter dem der Kübel stand, ein Kübel für sieben Menschen, der den ganzen Tag stehen blieb. Oh diese atembeklemmenden Gerüche. Sie poussierten hinter dem Vorhang ausgiebig und erzählten tolle Geschichten von ihren Männern und Freunden. Sie war bestimmt die raffinierteste von uns allen. Einer ihrer Freunde oder ihre Mutter brachte ihr jede Woche etwas Wäsche und sie verstanden es mit Geschick, ihr Nachrichten zuzuschmuggeln, die sie mit einer Nadel auf die Seife eingeritzt hatten oder in die Zahnputztuben hinten hineinsteckten. Auf diese Idee waren die Wachtmeisterinnen noch nicht gekommen, so daß die Nachrichten hin und her wanderten, denn sie gab auch die leeren Tuben wieder zurück.

In der Nähstube war auch sonst ein reges Leben. Der Polizeihauptmann kam alle paar Tage herein und hielt ein kleines Schwätzchen mit den Wachtmeisterinnen und sah sich an wie wir arbeiteten. Die Kalfaktoren kamen auch öfters, und, wenn sie etwas genäht haben wollten, brachten sie wohl auch etwas Zucker oder Brot oder andere Kleinigkeiten unter ihrer Schürze mit. Am besten verstand es die kleine Vera aus Mariapol, uns eßbare Dinge hereinzuschmuggeln. Sie war nämlich diejenige, die Wäsche und Puppenkleidchen in der Küche aufbügeln durfte, und jedes Mal, wenn sie einen solchen Gang mit der Wachtmeisterin unternommen hatte, kam sie mit einigen eßbaren Kostbarkeiten wieder. Besonders beliebt war Marmelade, weißer Käse und Zucker. Aber hinter diese Schliche waren die Wachtmeisterinnen nach kurzer Zeit gekommen und die Bügelvergünstigung wurde aufgehoben.

Jeden Samstagnachmittag wurde in der Nähstube geputzt. Das war ein wahres Putzfest. Denn vor lauter Freude uns bewegen zu dürfen und bei dieser Gelegenheit aus den offenen Zellentüren hinauszukönnen – die Möbelstücke wurden nämlich auf den Gang gestellt, Wasser wurde hin- und hergeschleppt – konnten wir uns gar nicht genug tun, daß dieses Fest nicht so schnell zu Ende ging. K. und E. gaben die Anweisungen und wir anderen, sozusagen die Näherinnen, hatten zu parieren. Selbst die Gitterstäbe an den Gefängnisfenstern wurden geputzt und die Nähmaschinen! Wenn wir glaubten, wir wären fertig, war E. absolut nicht zufrieden und der Putz begann von neuem. Anschließend durften wir dann alle 14 Tage samstags baden. Wir wurden zu zweit oder zu dritt in das im Kellergeschoß liegende Badezimmer gesperrt und konnten dann ausgiebig zu dritt in einer Badewanne baden. Die Wachtmeisterin, die uns dort eingesperrt hatte, vergaß uns aber bald, so daß wir dann oft drei bis vier Stunden hockend oder sitzend im Keller zubrachten. Trotzdem war es eine Erleichterung und Freude, eine Abwechslung in dem eintönigen Einerlei.

Zu den Freuden der Nähstube gehörte noch folgendes: Wenn wir auf dem großen Nähtisch an der Außenwand unterhalb des in der Höhe angebrachten Gefängnisfensters standen, konnten wir, oh welches Glück, hinunter in den Hof oder gar in eine Nebengasse der Zeil blicken. Die Zeit des Biestigkeitsunterrichts oder nach Tisch, wenn die Wachtmeisterinnen der Ruhe pflegten, wurde dann benutzt, um einen Blick in die »Welt der Freiheit« zu werfen. Wir rissen uns förmlich um dieses Vergnügen. Frau K. hatte ihren Mann und ihre Kinder schon so dressiert, daß sie, wenn sie alle 10 Tage nach der Zehn-Minuten-Sprecherlaubnis kamen, sich danach an einer bestimmten Stelle der Seitengasse der Zeil aufhielten, damit sie sie von dort aus auf diese Weise noch einmal sehen und ihnen zurufen konnte. Ach wie gerne hätte ich auch unserer Heidi[11], die mir jede Woche frische Sachen und etwas zu essen brachte, diese Möglichkeit des Zuwinkens und Sehens mitgeteilt, aber ich sah sie ja nie, und in die schmutzige Wäsche wagte ich keine Nachrichten hineinzugeben.

Selbst an Sonntagen waren wir in der Nähstube und arbeiteten. Was hätten wir auch sonst tun sollen. Es wäre uns ein entsetzlicher Gedanke gewesen, den Tag in der engen Zelle verbringen zu müssen. Ich bekam ein wenig Literatur, doch war es mir ausdrücklich von der Wachtmeisterin und dem Polizeihauptmeister verboten, dieselbe während der Arbeitszeit zu lesen. Das Abendessen dauerte nur zehn Minuten, da konnte man auch nicht dabei lesen. Was blieb mir übrig, ich versuchte also, indem ich mich ganz in der Nähe der Tür aufstellte, so daß man mich nicht durch das Guckloch erblicken konnte, ab und zu etwas zu lesen und auch gelegentlich meinen Mitgefangenen etwas vorzulesen, sobald es draußen im Gang etwas ruhiger war. In der Nähstube wurde auch ab und zu etwas gesungen, obwohl es verboten war wie alles. Es gab ja Zeiten, wo die Wachtmeisterinnen außer Hörweite waren und dann legte man eben los. Zu den beliebtesten Gefängnisliedern gehörte das damals sehr bekannte

Mamatschi
Es war einmal ein kleines Bübchen,
das bettelte so wunderbar:
Mamatschi schenk mir doch ein Pferdchen,
ein Pferdchen wär mein Paradies.
Darauf bekam der kleine Mann
ein Schimmelpaar aus Marzipan.
Die sieht er an und weint und spricht:
Mamatschi solche Pferdchen wollt ich nicht.

Das Lied endet damit, daß der zum Manne erwachsene Knabe eines Tages vor seinem Elternhaus vier wunderschöne geschmückte Pferde sieht, die ihm seine Mutter zum Friedhof fahren.

In der Nacht zum 28. November sagte mir eine Wachtmeisterin während eines Bombenangriffs, daß ich am nächsten Morgen frei käme. Ich konnte mein Glück kaum fassen, verteilte dann am frühen Morgen noch alle irgendwie entbehrlichen Kleinigkeiten an meine armen Mitschwestern und versprach vielen von ihnen Nachrichten an ihre Angehörigen zu übermitteln. Gegen 8 Uhr morgens wurde ich dann in einem fabelhaften Gestapo-Personenauto von Herrn G. persönlich mit meinem Sack und Pack abgeholt, zur Gestapo gebracht, wo nach wenigen Minuten Herr Direktor Hof eintraf und mich mitnahm.

Wie selig wankte ich durch die Straßen Frankfurts bis zum Carlton-Hotel, wo ich sehr bald meinen Vater wiedersah. Das Glück der Freiheit war unermeßlich. Bei der Entlassung wurde mir noch gesagt, daß ich über nichts zu sprechen hätte und selbstverständlich auch unser Ostarbeiterlager bei der Gefahr der Wiederverhaftung nicht mehr betreten dürfte.

Die Fahrt nach Gießen verging schnell. Ich genoß mit Augen, wie ich sie noch nie vorher gehabt hatte, den Anblick der in grauem Nebel liegenden Wetterau. In Gießen stand unser alter Chauffeur Wilhelm mit unserem Auto, Tränen in den Augen, und nun ging es nach Wetzlar. Es war wie ein Traum, daß nun meine Heimat wieder Wirklichkeit geworden war und daß ich meine Kinder, meinen geliebten Vater und unser wunderschönes Haus wiedersehen konnte. Ich hatte den Schwur getan, den ich auch treulich hielt, die Treppen in Haus Friedwart nicht herauf zu gehen, wenn ich wieder frei sein würde, sondern herauf zu rutschen aus Dank für dieses Wunder der Befreiung. Dieses Wunder hatte sich allerdings nur dadurch vollzogen, dass mein treuer Vater Tausende und Tausende für Bestechungsgelder der Gestapo geopfert hatte.

Frau Dr. Kühn-Leitz hat noch lange an den Folgen der Haft zu tragen. Eine Woche nach der Entlassung hat sie einen Blutsturz und kommt nach Mannheim in eine Klinik. Ihr Kopf ist von Läusen und Wanzen so zerstochen, dass alle Haare abrasiert werden müssen und

man verschiedentlich operiert. Immer wieder wird sie zur Befragung ins Gestapo-Büro gerufen, denn ihre Erzfeindin, Frau Gerke, lässt keine Gelegenheit aus, sie weiterhin zu denunzieren.

Dr. Ernst Leitz II hat sich während der Inhaftierung seiner Tochter Elsie nicht nur um deren Freilassung gekümmert, sondern auch ihre Aufgabe der Betreuung der ukrainischen Zwangsarbeiterinnen in den Baracken auf der Lahninsel übernommen. Er berichtet:

So wie ich bedrängten und verfolgten deutschen Personen beistand, so umgab ich auch die Fremdarbeiter beziehungsweise die Fremdarbeiterinnen mit meiner Fürsorge. Ein fast täglicher Gang nach Geschäftsschluss durch das Ostarbeiterlager gehörte somit zu meinen mir selbst auferlegten Pflichten. Ich wollte mich immer wieder durch Augenschein davon überzeugen, ob die Insassen des Lagers auch ein menschenwürdiges Dasein führten, vor allem überprüfte ich das Essen. Da eines Tages das Essen schlechter zu werden begann, nahm ich einen Kochwechsel vor und ergänzte die offiziell zugeteilten Rationen durch Zukauf. Die täglichen Kontrollgänge ließ ich mir besonders angelegen sein, als meiner Tochter, Frau Dr. Elsie Kühn-Leitz als stellvertretender Lagerleiterin, infolge ihres Einsatzes für die Arbeiterinnen das Betreten des Lagers durch die Gestapo verboten wurde.

Man erzählt, dass Ernst Leitz II sogar beim Einnehmen des Essens mit Lagerarbeitern gesehen wurde.

Dienstag, der 27. März 1945

Vom Dom-Turm in Wetzlar aus melden Beobachter alliierte Truppenbewegungen im westlichen Kreisgebiet. Der »Feind« rückt näher. Die Bevölkerung ist verunsichert, denn einerseits hat man Angst vor den Amerikanern, andererseits sehnt man das Ende des Krieges herbei. Die allzu Freudigen laufen, ohne sich der Gefahr bewusst zu sein, mit einer weißen Fahne auf die Straße. Ein Bürger in Garbenheim wird auf Befehl von Kreisleiter Haus erschossen, weil er an einer Panzersperre eine weiße Fahne gehisst hat. In Wetzlar geschieht Ähnliches. Fahnenjunker nehmen den Bürger Ernst Jakob Sauer fest, weil auch er eine weiße Fahne schwenkt. Sofort lassen sie ihn von einem Unteroffizier ebenfalls dem Kreisleiter überstellen, der sich mit dem Gauleiter bespricht und ein Todesurteil gegen Sauer erwirkt. Volkssturmangehörige vollstrecken das Urteil an der Friedhofsmauer.[12]

Die Amerikaner setzen eine Ausgangssperre fest, die strikt eingehalten werden muss, Missachtung wird sofort mit 200 Reichsmark oder 20 Tagen Arrest bestraft. Elsie Kühn-Leitz versucht die Anordnung zu umgehen. Zusammen mit dem Leitz-Mitarbeiter Koch macht sie sich auf den Weg nach Fellingshausen, wo die Firma eine ausgelagerte Produktionsstätte hat. Die beiden Mutigen wollen versuchen dort Lebensmittel zu besorgen, doch unterwegs werden sie von amerikanischen Soldaten festgenommen. Christel Becker aus Naunheim erinnert sich, was am Mittwoch, dem 28. März, so gegen 18 Uhr in Waldgirmes geschah:

»Ich war damals sieben Jahre alt. Wir wohnten an der Rodheimer Straße in Waldgirmes,[13] seit Tagen hatten wir keine Schule mehr gehabt. Gegen Abend kam Karl Keil in unser Haus. Er war von den Amerikanern als vorläufiger Bürgermeister eingesetzt worden. Seine Frau war eine Waldgirmeser Jüdin, die sich zu der Zeit noch in einem Konzentrationslager befand. Gott sei Dank lebt sie heute noch.

Bürgermeister Keil war in Begleitung von Frau Dr. Elsie Kühn-Leitz und eines ihrer Mitarbeiter namens Koch, die beide durch die US-Truppen im Bereich von Waldgirmes festgenommen worden waren ... Herr Keil fragte meine Eltern, ob Frau Leitz und Herr Koch bei uns übernachten könnten. Die beiden hätten eigentlich im Bürgermeisteramt bleiben sollen, was aber Frau Leitz nicht angenehm war. Sie hatte deshalb nachgefragt, welche Leitzianer in Waldgirmes wohnten; dabei war sie auf meinen Vater Friedrich Fiedler gestoßen, der bei Leitz in der Schreinerei arbeitete.

Frau Dr. Kühn-Leitz und Herr Koch haben dann bei uns übernachtet – sie zusammen mit meiner Mutter im elterlichen Ehebett, der Herr Koch und mein Vater auf Matratzen in der Küche. Ich schlief in dieser Nacht in einem Kinderbett bei meiner Mutter. Am anderen Morgen wurden Frau Leitz und Herr Koch dann wieder abgeholt.«

Nach der Vernehmung werden Frau Dr. Kühn-Leitz und Herr Koch interessanterweise nicht bestraft, sondern die US-Soldaten fahren sie sogar zurück nach Wetzlar. Christel Becker erzählt:

Später erzählte uns der kommissarische Bürgermeister, Herr Keil, die Amerikaner hätten Frau Doktor Kühn-Leitz und den Herrn Koch anschließend mit einem Militärfahrzeug nach Wetzlar gebracht. Sie hatte den Amerikanern gesprächsweise ein paar Kameras in Aussicht gestellt.«[14]

Mittwoch, der 28. März 1945

Der Wetzlarer Stadtkommandant Wilhelm Brand weiß seit dem Vorabend von deutschen V-Leuten, dass die US-Truppen mit geballter Kampfkraft direkt westlich und nördlich der Stadt stehen. Angesichts der Unsinnigkeit eines Widerstands entschließt er sich, die Geheimakten über die Sprengung der Wetzlarer Straßen und Eisenbahnbrücken zu verbrennen, denn wie in den umliegenden Ortschaften wird auch in Wetzlar die Sprengung der Lahn- und Dillbrücken vorbereitet. Glücklicherweise gibt es besonnene Bürger, die

dies zu verhindern suchen. Wilhelm Witte, Bergwerksdirektor von Buderus, verzögert in Absprache mit Ernst Leitz die Herausgabe des Sprengstoffs so lange, bis die Amerikaner da sind.

Oliver Nass berichtet, dass sein Urgroßvater Ernst Leitz II die Geschehnisse folgendermaßen schilderte:

»Am Tage vor dem Einmarsch erfuhr ich von einem unserer Chauffeure der zufällig dabei war, dass der amerikanische Offiziersposten an der Überführung an der Bahn sich einen deutschen Herrn heranrief und ihm erklärte, dass die Stadt mit Gewalt genommen würde, falls sie sich bis 9.00 Uhr am nächsten Morgen nicht freiwillig ergeben würde. Ich rief sofort den Bürgermeister an, erzählte ihm den Vorgang und erfuhr, dass er den Mann zum Kommandeur der deutschen Truppen, der sich in unserem Gemeinschaftshaus befand, geschickt habe, da ihn die Angelegenheit nichts mehr anginge. Darauf begab ich mich sofort mit zwei Herren als Zeugen dorthin und hörte, dass der Mann dagewesen sei. Ich erklärte dem Kommandeur, dass die Verteidigung ein unglaublicher Wahnsinn sei. Er zögerte zuerst, dann gab er mir zur Antwort: Sagen wir, wir machen ein Stillhalteabkommen: Wenn die Amerikaner nicht schießen, schießen wir auch nicht.

Mit dieser Nachricht fuhr dann meine Tochter, Frau Dr. Elsie Kühn-Leitz, auf dem Rade zu dem Offiziersposten an der Überführung und erklärte ihm, was der deutsche Kommandeur gesagt habe.« Der Offizier fragte nach ihrem Namen, wer sie sei, fragte nach ihrem Vater und nach der Firma, wo sie sich befände. Nachdem sie ihm die Lage der Firma gezeigt hatte, ging er zum Telefon, kam dann wieder zurück und bedankte sich für diese Mitteilung. Wilhelm Witte, Bergwerksdirektor und Vorstandsmitglied der Buderus'schen Eisenwerke, erreichte dann in der Nacht ein Anruf von Ernst Leitz II, der ihm mitteilte, dass Kreisleiter Haus bei ihm im Bunker gewesen sei und die Sprengung der Brücke in der Neustadt verlangt habe. Witte beruhigte Ernst Leitz II, der dazu benötige Sprengstoff werde von seiner Firma nicht herausgegeben.«

Am Mittwochmorgen gegen 9 Uhr fährt auf dem Leitzplatz ein amerikanischer Major vor. Er stellt das Ultimatum, die Stadt sei innerhalb von 15 Minuten zu übergeben; andernfalls würden seine Truppen das Feuer auf Wetzlar eröffnen. Bürgermeister Horn und Standortkommandant Brand übergeben die Stadt freiwillig. Ein namentlich nicht genannter Polizist erhält den Auftrag der Besatzer, die in der Stadt gelegenen Bunker aufzusuchen, und den Menschen mitzuteilen, dass alle Waffen und Fotogeräte abzugeben seien und dass bis 11 Uhr die Straßen für den Durchmarsch der Truppen geräumt sein müssten.

Donnerstag, der 29. März 1945

Und sie kommen. Zuerst erscheinen in der Braunfelser Straße rechts und links unter den Alleebäumen Soldaten mit Karabinern. Sie sichern nach allen Seiten. Dann folgen Jeeps, Panzerspähwagen, Halbkettenfahrzeuge sowie Lastwagen. Lothar Karst aus Wetzlar hat spannende Erinnerungen:

»Neugierig wie wir waren, sahen wir das natürlich mit an. Als die Kolonne einmal stockte, hörte ich aus einem dieser Fahrzeuge zum ersten Mal öffentlich Swingmusik von Glenn Miller. Heimlich, unter der Bettdecke, hatte ich die allerdings schon früher oft auf alliierten Sendern gehört.«

Die Amerikaner besetzen sofort die Leitzwerke und damit auch das Haus Friedwart, das Stammhaus der Familie Leitz. Ralf Bramesfeld, ein Verwandter der Familie Leitz, befindet sich an diesem Morgen im Haus Friedwart. Er erzählt:

»Da die Bäume um das Haus damals noch lange nicht so groß waren wie heute, konnte man von dort oben fast die ganze Stadt übersehen. Gegen 9.30 Uhr kamen amerikanische Radfahrzeuge mit hoher Geschwindigkeit die Nauborner Straße entlang. Es fielen Schüsse und meine Mutter lief mit mir hinunter zum Kalsmunttor. Dort angekommen

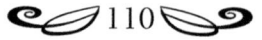

sahen wir schon die US-Soldaten. Dr. Ernst Leitz Senior ging auf die Amerikaner zu und verhandelte lange mit ihnen. Irgendjemand fragte: »Wo ist denn die Elsie schon wieder?« Gemeint war die agile Frau Dr. Kühn-Leitz, die ja in diesen Wochen unaufhörlich unterwegs gewesen war. An diesem Morgen war sie jedenfalls nicht zugegen.«

Johanna Leitz weiß mehr dazu:
»Ich erinnere mich, dass Frau Dr. Kühn-Leitz in Fellingshausen Bauernbrot und andere Lebensmittel besorgen wollte. Die Amerikaner hatten vor, im Haus Friedwart 200 Mann einzuquartieren. Der alte Herr Ernst Leitz II wohnte ja dort. Er war schwerhörig und erstaunt, dass sein Name und seine bekannt liberale Gesinnung nicht genügten, um ihm das zu ersparen. Immerhin war er ja einmal »Mitbegründer« der Staatspartei gewesen. Ich als Verwandte wohnte in der Nachbarschaft. Als ich die vielen Amerikaner sah, ging ich hinüber ins Haus Friedwart, um dem alten Herrn zu helfen. Später am Tag kam dann Doktor Elsie Kühn-Leitz zurück.«

Knut Kühn-Leitz, der Enkel von Ernst Leitz, befindet sich zu diesem Zeitpunkt ebenfalls im Haus Friedwart, und er erinnert sich:
»Als die amerikanischen Truppen vor Haus Friedwart vorfuhren und das Haus besetzten, war meine Mutter nicht zugegen. Das Haus Laufdorfer Weg 4 (Villa Rosenburg), das von Dr. Henri Dumur, einem schweizerischen Vetter meiner Mutter bewohnt war, konnte nicht beschlagnahmt werden. Daher fand die Familie dort Unterschlupf. Als meine Mutter endlich wieder auftauchte, musste sie feststellen, dass Haus Friedwart besetzt war. Sie ging sofort zum amerikanischen Stadtkommandanten und konnte ihn als Verfolgte des Naziregimes bewegen, Haus Friedwart sofort wieder zu räumen und das Haus unter »off limits to all military personnel« zu stellen. Diese Bescheinigung wurde an das Fenster rechts vom Eingang geklebt und war dort noch lange nach Kriegsende zu sehen.«

Nach dem eintägigen Aufenthalt der Amerikaner im Haus Friedwart sah dieses verheerend aus:

Messerstiche in den Bildern, die Vorratsregale mit Einmachgläsern waren umgerissen, Teppiche zerschnitten, und alles war unglaublich verschmutzt. Wir brauchten Tage, um das Haus wieder in Ordnung zu bringen.[15]

Mit der offiziellen Übergabe der Stadt im Stollen unter dem Hauserberg nimmt die Militärregierung ihre Tätigkeit auf. Man ist gut vorbereitet; nachstehender Befehl wird veröffentlicht:

Befehl:

1. Jedermann hat unverzüglich und widerspruchslos alle Verordnungen und Befehle zu befolgen.
2. Sämtliche Zivilpersonen müssen außer Sicht in ihren Wohnungen, Luftschutzkellern oder Arbeitsstätten bleiben, bis weiteres bekannt gegeben wird.
   Zwischen 8 und 12 Uhr kann eine Person pro Haushalt die Wohnung verlassen, um Nahrungsmittel und Wasser zu holen.
3. Vollständige Verdunkelung ist von Sonnenuntergang bis Sonnenaufgang einzuhalten.
4. Der Gebrauch und das Tragen von Fotoapparaten und Ferngläsern ist untersagt (...)

Dr. Julius Schnorr, vom Regierungspräsidenten in Wiesbaden eingesetzter Bürgermeister, muss Folgendes veranlassen.

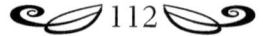

Bekanntmachung:

1. Waffen, Munition, Photoapparate, Feldstecher und Taschenlampen sind sofort im Rathaus, Zimmer 7, abzuliefern.
2. Die Dienstzeiten für die Behörden und sonstigen Dienststellen der Wirtschaft werden auf die Zeit von 8-17 Uhr festgesetzt. Vor und nach dieser Zeit hat sich die Bevölkerung in ihren Wohnungen aufzuhalten.
3. Telefongespräche sind grundsätzlich untersagt und nur innerhalb der Dienststelle erlaubt.

Frau Dr. Elsie Kühn Leitz gibt Anfang des Jahres 1947 in Wetzlar folgende Erklärung ab:

Eidesstattliche Erklärung

Ich erkläre hiermit an Eides statt, daß alle gemachten Beschreibungen über die Zustände und die Menschen im Gestapo-Gefängnis in Frankfurt/Main der Wahrheit entsprechen.

Dr. Elsie Kühn-Leitz

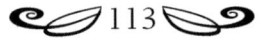

Nach Beendigung des Krieges forscht Elsie nach, wie es ihrer Jugendfreundin Berthe Krull in Berlin ergangen ist; sie kann Folgendes herausfinden: Das Ballettstudio wurde zerstört, aber Berthe fand dort in den Trümmern eine Nachricht ihrer Mutter, dass diese in einem sächsischen Dorf Zuflucht gefunden hatte. Mutter und Tochter trafen sich dort wieder, und Berthe erhielt schon in den ersten Nachkriegsmonaten durch Zufall eine Stelle als Tanzlehrerin am wiedereröffneten Varieté in Görlitz. Dort nimmt Elsie Kontakt mit der Freundin auf und bietet ihr an, nach Wetzlar in die amerikanisch besetzte Zone zu kommen.

Nahezu mittellos erreicht Berthe Krull im Winter 1946 Wetzlar und findet Aufnahme im Haus Friedwart. Hier erteilt sie schon nach kurzer Zeit Gymnastik- und Ballettunterricht für den Bekanntenkreis der Familie Leitz; bald kann sie ihren Lebensunterhalt verdienen und ihre Mutter aus Görlitz zu sich nehmen. Berthes Ruf als engagierte und talentierte Lehrerin bringt ihr viele private Schülerinnen, und 1951 eröffnet sie ihr eigenes Unternehmen »Die Ballettschule Berthe Krull«. Auftritte ihrer Tänzerinnen finden bei zahlreichen Veranstaltungen in Wetzlarer Schulen, in der Stadthalle, sowie bei Betriebsfesten der Firma Leitz und anderer Unternehmen großen Beifall. Berthe Krull fährt sogar mit ihrer Tanzgruppe von Wetzlar nach Avignon zur Feier des zehnjährigen Bestehens der Partnerschaft, bei der ihre Freundin Elsie Leitz auf besondere Weise geehrt wird.

Carl A. Brinkmann   June 19, 1946
86 Deepdale Drive
Nanhasset, L.I.

Sehr geehrter Herr Dr. Leitz,

nachdem jetzt der Postverkehr wieder eröffnet ist, möchte ich nicht verfehlen, Ihnen einige Zeilen zu senden. Wir haben ja von verschiedenen Leuten, die in Wetzlar waren, erfahren, wie es dort aussieht und hörten auch zu unserem Bedauern, dass Sie ernstlich krank waren. Es scheint ja, dass Sie sich inzwischen erholt haben, und es freut uns alle, dass es Ihnen wenigstens noch vergönnt war, das Ende des Hitlerismus mit zu erleben. Wir hoffen, dass Ihnen noch manche Jahre unter erfreulicheren Verhältnissen beschieden sein mögen.

In Anbetracht der großen Knappheit an allem, die ja derzeit in Deutschland herrscht, senden wir Ihnen diese Woche ein kleines »Liebesgabenpaket«. Wir hoffen, dass es gut ankommt. Wenn Sie besondere Wünsche haben oder etwas Spezielles, wie Medikamente etc., brauchen können, lassen Sie es mich bitte wissen. Wir werden Ihnen gerne behilflich sein. Bitte zögern sie nicht mit Wünschen, denn wir sind ja in der glücklichen Lage, alles zu haben und verdanken dies schließlich zum großen Teil Ihnen. Wenn wir unsere Dankesschuld an Sie in dieser Weise etwas abtragen dürfen, so ist das nur eine Selbstverständlichkeit.

Sie wissen ja wohl, dass ich ein eigenes Geschäft angefangen habe. Ursprünglich verkaufte ich nur Mikroskope etc. Während des Krieges fing ich dann an, verschiedene Sachen zu fabrizieren und beschäftige jetzt eine ganze Anzahl Leute. Das Mikroskopgeschäft, meine alte Liebe, habe ich aber auch behalten. Während des Krieges, und auch jetzt noch, kauften wir alle alten Leitz-MMs auf, überholten sie und konnten gar nicht genügend Apparate bekommen, so viele Leute wollten sie haben.

Es wird Sie vielleicht freuen zu wissen, dass Ihr Bild in unserem Office hängt und während des ganzen Krieges dort hing.[...]

Ich würde mich sehr freuen von Ihnen zu hören und verbleibe mit besten Grüßen
Ihr stets ergebener Carl A. Brinkmann

Jakob Rosenthal   São Paulo, den 20. Juni 1946
Caixa Postal 4173
São Paulo
Brasilien

Sehr verehrter Herr Dr. Leitz,

aus einem Briefe ... höre ich zu meiner ganz besonderen Freude, dass Sie, sehr verehrter Herr Dr. Leitz, wenn auch unter erschwerten Verhältnissen, die vergangenen furchtbaren Jahre glücklich überstanden haben und Sie auch wieder ihrem Betrieb vorstehen. Ich benutze die nunmehr wieder zugelassene Postverbindung mit Deutschland, um Ihnen, sehr verehrter Herr Dr. Leitz, meine allerherzlichsten Grüße zu senden, denen ich gleichfalls meinen herzlichsten Dank anfüge für die unendliche, vielfache und großzügige Hilfe, die Sie all jenen unterschiedslos widmeten, die so vieles erdulden mussten und so alles verloren haben.

Das Gedenken an Sie, Herr Dr. Leitz, war für mich immer Veranlassung, wenn man allgemein alle Deutschen mit den Nazis gleichstellte und sie unterschiedslos verurteilte, dagegen Einspruch zu erheben und mich hiergegen wendete unter Hinweis gerade auf Ihr Verhalten und Ihre unerschütterliche Einstellung gegen den Nazismus.

Die verschiedensten Berichte, die ich nach hier erhielt, geben ein furchtbares, teilweise erschütterndes Bild über die deutschen

Verhältnisse und Zustände. Alle stimmen darin überein, dass jeder Einzelne schreibt, wir haben wohl genügend Geld, aber wir leiden Hunger, da wir für unser Geld nichts kaufen können. Ich möchte Sie aus diesem Grunde bitten, mir unumwunden mitzuteilen, wie die Verhältnisse dort bei Ihnen, liegen. Ich brauche Ihnen nicht zu versichern, dass ich vollkommen zu Ihrer Verfügung stehe und es mir eine besondere Freude wäre, Sie von hier aus mit Lebensmittel zu versorgen...

Sehr verehrter Herr Dr. Leitz, ich darf wohl damit rechnen von Ihnen zu hören, um so mehr, da Sie zu den wenigen gehören, die mich mit meiner früheren Heimat noch verbinden ...

Ihr sehr ergebener
Jakob Rosenthal (fr. Holzhandlung Rosenthal)

Stefan Rosenbauer   5. August 1946
Foto Atelier
Rio de Janeiro, Brasilien

Sehr geehrter Herr Dr. Leitz!

Erlauben Sie mir meinen Dank zum Ausdruck zu bringen, der mir schon lange ein Herzensbedürfnis ist, aber infolge des politischen Irrsinns und der Verbrecherpolitik in Deutschland nicht zum Ausdruck bringen konnte. Ich weiß, daß Sie auch vielen anderen noch die Möglichkeit gaben, aus Deutschland zu entkommen. Die Gewissheit, so viele Menschen vor dem Tod und den <u>Quälereien</u> durch Ihr mutiges und tapferes Verhalten gerettet zu haben, darf Sie mit großer Befriedigung erfüllen. Ihre Haltung war und wird mir immer ein leuchtendes Beispiel sein und ich konnte schon einige Male Menschen in Bedrängnis beistehen. Ich bin fast beschämt berichten zu können, uns geht es

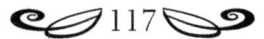

gut. Einen Monat nach meiner Landung eröffnete ich ein Foto-Atelier, welches ich mit viel Fleiß und Mühe zum ersten Atelier in Rio machte. Durch das englische Radio hörte ich die Nachricht, die Leitzwerke seien nur wenig beschädigt worden und so hoffe ich auch, Sie und ihre Familie erhalten diese Zeilen bei bester Gesundheit. Sobald Sie mir meinen Brief bestätigt haben, werde ich mir erlauben, Ihnen als kleine Aufmerksamkeit ein Lebensmittelpaket zu senden. Ihnen alles Gute wünschend verbleibe ich

Mit vorzüglicher Hochachtung
Ihr ergebener
Stefan Rosenbauer

Nathan Rosenthal II   New York, den 10. Februar 1947
118-09 83rd Avenue
Kew Gardens 15, NY

Sehr geehrter Herr Dr.

… unsere Freundschaft datiert aus der Zeit, als wir zusammen im Vorstand der Demokratischen Partei arbeiteten, in der Sie jahrelang den Vorsitz hatten. Ich werde Ihnen nie vergessen, als ich Ihnen schon 14 Tage nach Hitlers Machtergreifung, mein Leid klagte, dass mein Sohn Paul, der damals die Obersekunda des Gymnasiums in Wetzlar besuchte, sich vor dem Antisemitismus seiner Lehrer nicht mehr schützen konnte, und Sie ihn sofort in Ihren Betrieb aufnahmen, ohne Rücksicht auf die damalige politische Konstellation. Seine Ausbildung bei Ihnen und die spätere Anstellung in Ihrer hiesigen Filiale haben uns den Weg zur Auswanderung gebahnt, die sonst einfach unmöglich gewesen wäre. Ich erinnere mich noch ganz genau, als ich am 27. März 1933, also kurz nach der Machtergreifung dieser Verbrecher, mit einigen

118

*Glaubensgenossen und vier Sozialdemokraten spät in der Nacht, natür-
lich grundlos, ins Gefängnis geschleppt wurde und wie Sie sich sofort
an den Landesvertreter telefonisch mit dem Ersuchen wandten, uns
sofort frei zu lassen mit den Worten »Wenn Sie nicht die sofortige Freilassung veranlassen, dann werde ich mich mit meiner Belegschaft und
anständigen Bürgern Wetzlars stark machen und die Verhafteten mit
Gewalt befreien.« Wie unangenehm hätte diese Sache für Sie ausgehen
können, lieber Herr Dr. Wenn man heute darüber nachdenkt, wird es
einem erst klar, dass Sie mit Ihrer Hilfsbereitschaft sich, Ihre Familie
und Ihren ganzen Betrieb in größte Gefahr hätten bringen können.*

*Ein Zeichen größter Freundschaft war die Tatsache, daß Sie mir
sofort nach Stilllegung meines über 50 Jahre bestehenden Geschäftes
meine Lagerräume anmieteten, deren Mieterlös für mich damals unent-
behrlich war...*

Ihr Sie sehr schätzender Nathan Rosenthal[16]

Ernst Leitz ist erstaunt und erfreut über die Dankesschreiben aus
aller Welt. Gerne nimmt er die »Care-Pakete« in Empfang, gibt es
doch genügend Bedürftige, denen er damit helfen kann.

Am 1. März 1951, dem 80. Geburtstag, würdigt Bundespräsident
Theodor Heuss den Jubilar, seinen langjährigen Freund, mit folgenden Worten: »*Mit Ernst Leitz steht ein Mensch unter uns, der das Wort
Bürger, der auch Bürge ist für die anderen, höchst lebendig als Beispiel
verkörpert.*«[17]

Der Jubilar selbst erklärt: »*Das Schönste, was mir geschenkt worden
ist und was ich erlebt habe, ist, dass ich so vielen Menschen Arbeit und
Brot geben konnte.*«

Er schließt mit den Worten Schillers: »*Der Menschheit Würde ist
in eure Hand gegeben. Bewahret sie! Sie sinkt mit euch! Mit euch wird
sie sich heben!*«

Nach dem Ende des Zweiten Weltkrieges gibt Ernst Leitz aus gesundheitlichen Gründen das operative Geschäft weitgehend auf und überträgt die Leitung seinem langjährigen Weggefährten Henri Dumur und seinen beiden Söhnen Ernst III und Ludwig. In alle wichtigen Entscheidungen, wie zum Beispiel den Bau neuer Betriebsstätten, ist er jedoch nach wie vor eingebunden.

Am 15. Juni 1956 stirbt Ernst Leitz II. Vom Turm des Wetzlarer Doms weht die Fahne der Bundesrepublik Deutschland auf Halbmast. In einer ergreifenden Trauerfeier nehmen im Dom Familie, Freunde und Mitarbeiter Abschied. Da die Kirche die vielen Trauernden nicht fassen kann, wird der Gottesdienst über Lautsprecher auf den Domplatz übertragen.

Er wurde geboren und verabschiedet mit Glockenklang.

Die Grabstätte der Familie Leitz befindet sich auf dem »Alten Friedhof« in Wetzlar

In der Stadt Wetzlar kämpft man seit vielen Jahren gegen das Vergessen an und erinnert unter anderem mit Gedenktafeln an ein dunkles Kapitel der Stadtgeschichte. In der Hausertorstraße, dort wo sich einst die Verhörstelle der Gestapo befand, und wohin Ernst Leitz und Elsie Kühn-Leitz des Öfteren vorgeladen wurden, erinnert seit dem 27. Oktober 2021 eine Tafel an Elsie Kühn-Leitz.

Am neuen Rathaus der Stadt, dem ehemaligen Hauptgebäude der Firma Leitz, wurde am 26. Oktober 2022 eine Gedenktafel zu Ehren von Ernst Leitz II angebracht und feierlich eingeweiht. Bei der Zeremonie waren unter anderen als Vertreter der Familie *Ernst Michael Leitz*, ein Enkel, und *Oliver Nass*, ein Urenkel von Ernst Leitz anwesend. Dr. Oliver Nass erinnerte als Vorsitzender der Ernst Leitz Stiftung vor dem geschichtsträchtigen Gebäude an diesen Mann, an einen Unternehmer und Demokraten, der sich zeitlebens ohne Zögern für seine Mitmenschen einsetzte.

Sechs Monate später, werden am 10. März 2023 in Wetzlar zwei weitere Gedenktafeln enthüllt, die an die schlimme Zeit erinnern.

Wetzlarer
Kulturgemeinschaft e. V.

VII.
Nach dem Krieg
Die Wetzlarer Kulturgemeinschaft

Die genesene Dr. Elsie Kühn-Leitz setzt sich nach Ende des Krieges tatkräftig für den Aufbau des kulturellen Lebens in ihrer Heimatstadt ein.

Mitten in der Trostlosigkeit und der allgemeinen Verwirrung des ersten Nachkriegsjahres hängen eines Tages im Herbst 1945 an den Fabriktoren der Wetzlarer Leitzwerke Plakate mit dem Aufdruck, der folgenden Anfang hat:

Um das kulturelle Leben in der Stadt zu fördern ist die Wetzlarer Kulturgemeinschaft als eingetragener Verein gegründet worden. Er verfolgt den Zweck, Konzerte, Theatervorstellungen, literarische und sonstige Darbietungen, sowie wissenschaftliche Vorträge zu veranstalten und zu vermitteln. Die Tätigkeit des Vereins beschränkt sich auf die Pflege wirklicher Kunst ...

Verantwortlich für diese Aktion ist Dr. Elsie Kühn Leitz, die Mitbegründerin der Wetzlarer Kulturgemeinschaft und später deren langjährige Vorsitzende ist. Frau Kühn-Leitz bringt alle Voraussetzungen zum Gelingen dieses Unternehmens mit. Sie verfügt selbst über ein profundes musikalisches Wissen und Gespür, hat enge Verbindungen zu Künstlerkreisen, und ihr familiärer Hintergrund erlaubt es ihr, für Transport, Unterkunft, Verpflegung sowie für die Vergütung der Künstler zu sorgen. Ihr Elternhaus, das Haus Friedwart, entwickelt sich schon kurz nach Ende des Zweiten Weltkrieges zur Keimzelle einer wieder aufblühenden Kultur in Wetzlar.

Es gibt im Haus Friedwart einen Flügel, der scherzhaft das »Hotel Leitz« genannt wird. Hier wohnten schon vor dem Krieg zahlreiche

Besucher der Firma aus dem In- und Ausland, mit denen Ernst Leitz II sehr gerne des Abends bei einem Glas Wein ganz ungestört das Weltgeschehen diskutieren konnte. Nun tagt im Biedermeierzimmer der Vorstand der neu gegründeten Kulturgesellschaft und plant die Veranstaltungen der kommenden Saison. Diese beginnt mit der Veranstaltung von privaten Konzerten in der Villa. Einer der ersten Musiker, den Frau Dr. Kühn-Leitz engagiert, ist Walter Gieseking, und der Briefwechsel mit ihm dokumentiert, wie schwierig das Leben der Künstler kurz nach Ende des Krieges ist.

Walter Gieseking
1895-1956

Lithografie von Emil Stumpf

Walter Gieseking wird 1895 als einziges Kind eines deutschen Arztes und Botanikers in Lyon/Frankreich geboren. Schon mit vier Jahren beginnt er Klavier zu spielen, und mit zehn Jahren bekommt er in Nizza und in Italien Unterricht. Von 1911 bis 1915 besucht er das städtische Konservatorium in Hannover und vollendet bei Karl Leimer seine Ausbildung, mit dem er zusammen ein zweibändiges Werk »Modernes Klavierspiel« herausgibt. Bald nach dem Ersten Weltkrieg wird er als hervorragender Konzertpianist bekannt, und die großen Reisen per Schiff und per Flugzeug beginnen ihn in alle Länder der Welt zu führen. Der Zweite Weltkrieg beendet die Konzertreisen, und nach der Besatzung 1945 wird ihm die Spielerlaubnis entzogen. Man hat ihn zum Kollaborateur und Nazipropagandisten gestempelt, da er auch während des Dritten Reiches und des Krieges im In- und später im besetzten Ausland konzertiert hat.

Dr. Elsie Kühn-Leitz ist hoch erfreut, den Künstler für ein Konzert im Haus Friedwart zu gewinnen. Nach Honorarforderungen gefragt, antwortet Walter Gieseking, dass er Aufführungsverbot hat und nur im privaten Rahmen spielen und kein Geld annehmen darf. Natürlich würde er sich über eine neue Leica freuen, da die amerikanischen Kampftruppen alle seine Fotoapparate konfisziert haben. Selbst als der Pianist für amerikanische Soldaten ein Konzert geben soll, kann er nicht mit Geld entlohnt werden. Colonel Brown, in Gießen stationiert, lässt zudem mitteilen, dass es nach den neuesten Richtlinien verboten ist, Lebensmittel oder Zigaretten als Honorar auszugeben. Walter Gieseking bittet deshalb darum, Care-Pakete an Menschen zu senden, deren Adresse er übermitteln wird.

Am 25. Januar 1947 gibt Walter Gieseking ein Hauskonzert in Haus Friedwart, und schon am 15. und 16. Februar 1947 spielt er bei zwei öffentlichen Konzerten im Saal des »Römischen Kaisers« in Wetzlar. Das letzte Mal konzertiert er auf Einladung von Frau

Kühn-Leitz zur Eröffnung der Wetzlarer Industrie-Festspiele 1949. Am 22.12.1955 verunglücken Walter Gieseking und seine Ehefrau bei einem Omnibusunfall. Während die Gattin sofort tot ist, stirbt der Künstler an den Folgen des Unfalls knapp ein Jahr später. Die Freundin und Bewunderin, Dr. Elsie Kühn-Leitz, gedenkt seiner mit einem ausführlichen Beitrag in der Wetzlarer Neuen Zeitung am 30. Oktober 1956:

In Memoriam Walter Gieseking,
geb. 5.11.1895 in Lyon, gest. 26.10.1956 in London

[...] Dieser einmalige, machtvolle Interpret der gesamten Klavier-literatur wird nun nur noch durch seine Platten und Bänder zu uns sprechen können. Sein Werk wird auch noch lange nach uns den werdenden Pianisten und begeisterten Musikfreunden eine Quelle unerschöpflichen musikalischen Reichtums bleiben.[1]

Elly Ney
1882-1968

Kohlezeichnung von Fritz Reusing

Eine wichtige Künstlerin jener Zeit ist in der Wetzlarer Kulturgemeinschaft Elly Ney. Die Pianistin wird ein häufiger Gast im
Haus Friedwart. Diese außergewöhnliche Frau wurde am 27.9.1882
in Düsseldorf geboren, verbrachte jedoch den Großteil ihrer Kindheit in Bonn, der Beethovenstadt. Nach erster Förderung durch den
dortigen Universitäts-Musikdirektor Leonhardt Wolff (1848-1834)
erhält sie binnen neun Jahren ihre pianistische Ausbildung bei Isidor
Seiß (1840-1905) am Kölner Konservatorium. Bereits 1900 gewinnt
sie den Mendelssohn-Preis der Stadt Berlin und 1901 in Köln den

Ibach-Preis. Weitere Studien folgen in Wien, und nach einem Lehrauftrag am Kölner Konservatorium widmet sie sich ganz der Konzerttätigkeit. In der Folgezeit wird sie gleichermaßen erfolgreich bei Soloabenden, bei Interpretationen von Kammermusik und als Solistin bei Orchesterkonzerten. Elly Ney hat frühzeitig Beethoven als ihre Identifikationsfigur gewählt und sogar ihr äußeres Erscheinungsbild an Beethoven orientiert.

Die Musikerin ist besessen davon, jedermann die große klassische Musik nahezubringen. Sie spielt Zeit ihres Lebens mit ungeheurer Energie, wirklich überall und in allen Lebenslagen; sie spielt für Arbeiter, gibt Jugendkonzerte für Schüler, musiziert für die Wehrmacht und besonders für verwundete Soldaten in Lazaretten selbst noch in Zeiten heftiger Bombenangriffe und bei Fliegeralarm. Die nationalsozialistischen Organisationen bieten ihr die nötigen Strukturen, um ein Massenpublikum zu erreichen, aber ihr musikalisches Sendungsbewusstsein ist so ausgeprägt, dass ihr oft nicht klar wird, welchen Propagandazwecken ihr Auftritt zuweilen dient. So ist Elly Ney nach 1945 wegen ihrer Rolle im Nationalsozialismus öffentlicher Kritik ausgesetzt und die Stadt Bonn verhängt ein Auftrittsverbot, das jedoch am 25.1.1952 wieder aufgehoben wird. Die Pianistin engagiert sich fortan wieder in alter Frische für das Nachkriegsdeutschland und sammelt sogar eigenhändig Geld für den Bau der Bonner Beethovenhalle.

Zwischen Elsie Kühn-Leitz und Elly Ney entwickelt sich eine echte Freundschaft, und so hat Elsies Tochter Cornelia schon als Neunjährige Gelegenheit, die Pianistin kennenzulernen. Jahre später berichtet sie:

Für mich war die Künstlerin das Urbild einer Mutter, die sich liebend, versunken, aber auch zürnend über die Tasten des Flügels beugen konnte, wie sonst nur eine Mutter über die Wiege ihres Kindes. [...] Als Mädchen waren mir die meisten Klaviersonaten von Beethoven, die sie am liebsten spielte, zu schwer verständlich, zu dämonisch und wild.

Ich genoss es mehr, wenn sie eine Mozartsonate, die Etüden von Chopin oder als Zugabe »Guten Abend, gute Nacht«, das Wiegenlied von Johannes Brahms, spielte. Dann war es mir, als ob diese All-Mutter dort oben auf dem Podium, mit der weißen Mähne und dem langen Kleid, ihre Zuhörer segnend in die Nacht entlassen wollte.

Wenn Elly Ney zu uns ins Haus kam, so folgte ihr eine Fülle von Koffern, mit Garderobe und Noten, Büchern und Decken, das stumme Klavier, die unvermeidlichen Tüten mit Tee und Wurzeln, die sie auf allen Reisen mit sich nahm. Sie war überzeugte Vegetarierin. Ihr Speisezettel war nicht ganz einfach und dazu angetan, auch einer versierten Köchin einige Schwierigkeiten zu bereiten.

Elly Ney verbreitete, wo immer sie war, etwas von einer Hohepriesterin der Kunst. Hinter den buschigen Brauen, den dunkelbraunen Augen, mit all dem Gewalle und Gewoge von Kleidern, Ketten, Busen und Haaren, lag eine Spannung, die nichts Verniedlichendes zuließ. Ihr ganzes Leben war eine einzig große, kultische Feier und deshalb ist es nicht verwunderlich, dass wo immer sie auftrat, sie auf eine geschworene Gemeinde zählen konnte, die ihr bis ins hohe Alter hinein zugetan war. Immer offen für alle Fragen und Nöte der Menschen unterstützte sie fast 30 Personen mit ihren Einnahmen.[2]

Gegen Ende der 1950er Jahre organisiert Elsie Kühn-Leitz Konzerte für Gefängnisinsassen, da nach ihrer Überzeugung auch jugendliche Zöglinge Zugang zu klassischer Musik haben sollen. Elly Ney ist eine willige Mitstreiterin. Oft findet die Generalprobe für die Konzerte am Nachmittag vorher im Haus Friedwart statt, wo Elly Ney zeitweise wohnt. Aus der Korrespondenz ist zu entnehmen, dass Elly Ney am 7. Oktober 1959 abends im Jugendgefängnis Rockenberg spielt, am 8. Oktober mittags um 12 Uhr ein Jugendkonzert in Wetzlar gibt und noch am selben Abend in der großen Strafanstalt Butzbach aufspielt. Zum Ende dieses Aufenthaltes musiziert sie schließlich am 9. Oktober in Wetzlar mit dem Pfalz-Orchester unter der Leitung von GMD Otmar Suitner; auf dem Programm steht das G-Dur-Konzert von Beethoven.

Helmut Walcha
1907-1991

Fotografie 1974
Plattencover J.S. Bach Prélude und Fuge

Der dritte bedeutende Musiker ist für Dr. Elsie Kühn-Leitz der Musiker Helmut Walcha.

Helmut Walcha, der 1907 in Leipzig geboren wird, zeigt schon früh eine musikalische Begabung, und er besteht mit 15 Jahren die Aufnahmeprüfung am Leipziger Konservatorium. Dort entwickelt er sich zu einem anerkannten Bach-Interpreten. Im Alter von 19 Jahren

erblindet er als Folge einer frühkindlichen Pockenimpfung. Diese Behinderung hält ihn jedoch nicht von weiteren Studien ab, und er wird im Laufe der Jahre zu einem der bedeutendsten Bach-Interpreten seiner Zeit. Von 1929 bis 1944 führt er als Organist der Friedenskirche in Frankfurt regelmäßig Orgelzyklen auf, auch hat er eine Professur an der Hochschule für Musik und Darstellende Kunst in Frankfurt am Main.

So ist es nicht verwunderlich, dass Dr. Elsie Kühn-Leitz den berühmten Organisten kennt und nicht nur seine Konzerte genießt, sondern ihn auch für ein ihr wichtiges Projekt nach Wetzlar holen will: Mit einem klangvollen Festakt soll die neue Orgel im Wetzlarer Dom eingeweiht werden, denn am 8. März 1945, in den letzten Kriegstagen, war durch einen Fliegerangriff auf Wetzlar auch der mächtige Dom, das Wahrzeichen der Stadt, getroffen worden. Bomben zerstörten den Chorraum und damit den Lettner, auf dem die Orgel der katholischen Gemeinde stand. Durch die Detonation wurde die Orgel der evangelischen Gemeinde auf der Westempore ebenfalls völlig zerstört. Damit hatten beide Gemeinden ihre wertvollen Instrumente verloren. Mit dem Wiederaufbau des Domes wurde auch der Ruf nach einer neuen Orgel laut. Die Familie Leitz ergriff die Initiative und stiftete beiden Gemeinden im Dom eine gemeinsame große Orgel. Die Ehrenbürger der Stadt, Dr. Ernst Leitz II sowie dessen Tochter Dr. Elsie Kühn-Leitz, erteilten dem bekannten Hamburger Orgelbauer Rudolf von Beckerath 1953 den Auftrag zum Bau. Darin war festgehalten, dass für die Ausführung nur Material bester Qualität in Frage komme. Zusammen mit dem Frankfurter Organisten Helmut Walcha plante dann der Orgelbauer eine Disposition mit 49 klingenden Stimmen (3394 Pfeifen) im Stil des Norddeutschen Barocks.

Cornelia Kühn-Leitz, Elsies 15jährige Tochter, soll sich um die Eheleute Walcha kümmern, die während des Orgelbaus im Haus Friedwart wohnen. Sie erinnert sich:

Klein, gedrungen, mit schütterem Haar, einem weichen, etwas auf-geschwemmten Gesicht, einem sensiblen Mund und großen in die Irre gehenden Augen, so erschien mir Helmut Walcha bei der ersten Begegnung. Er trug einen weiten Anzug und war begleitet von seiner Frau, deren Äußeres etwas von einer Pastorenfrau hatte durch den strengen Knoten und die unauffällige adrette Kleidung. Nichts Genialisches schien mir von Walcha auszugehen.

Ich begleitete die beiden zum Dom. Als wir eintraten wurden gerade noch die letzten Pfeifen gestimmt. Plötzlich verwandelte sich Walchas Gesicht. Alles Weiche wich aus seinen Zügen. Sein Gesicht spannte und straffte sich, bestand nur noch aus Lauschen auf die Töne, die ihm von der Empore jubelnd entgegen klangen. Wir stiegen hinauf. Zufrieden stellte er den edlen, schönen Klang der Orgel fest. Man spürte ihm schon jetzt seine freudige Erwartung an, auf ihr zu spielen.

Da Walcha den ganzen Nachmittag an der Orgel probieren wollte, ließ ich ihn zunächst auf der Spielbank zurück und versprach wieder-zukommen. Nach zwei Stunden ungefähr näherte ich mich dem Dom und hörte schon von Weitem die feierlichen Klänge eines Bach-Chorals. Ganz leise betrat ich die Kirche und bestieg dem Rhythmus der Klänge entsprechend die Treppe, um ja nicht zu stören. Ich war noch nicht einmal auf der letzten Stufe angekommen, da unterbrach Walcha sein Spiel und sagte: »Kommen Sie Cornelia, setzen Sie sich zu mir auf die Bank und hören Sie noch ein wenig zu.«

Mir blieb fast das Herz stehen. Wie konnte Walcha mich gehört haben? Ich weiß nur eine Erklärung dafür: Walcha lebt mit unsichtbaren Antennen, die ihm, dem Blinden, die Augen ersetzen.

Nun saß ich neben ihm, konnte seine Hände bewundern, die mit festem und sensiblen Griff die leichten elfenbeinernen Orgeltasten berührten und mit geübter Geschwindigkeit die Register zogen. Man spürte, wie Walcha mit diesem mächtigen Instrument sich vertraut machte, seine Schwächen, seine Stärken kennenlernen wollte, um dann mit ganzer Demut, aber auch mit seinem genial musikalischen Gedächtnis

die vollkommenste, genaueste Wiedergabe von Johann Sebastian Bach zu spielen.

Dieser Augenblick hat sich unauslöschlich eingeprägt. Walcha schien mich völlig vergessen zu haben. Er war nur noch ein Spielmann Gottes.[3]

Am 14. Mai 1955 wird die Orgel durch den Organisten Helmut Walcha mit einem großen Bachkonzert offiziell eingeweiht. Es ist geradezu eine Sensation, dass ein so mächtiges Instrument in der ländlichen Region zu hören ist, und für viele Orgelbegeisterte wird in der Folge der Wetzlarer Dom mit seiner neuen Dom-Orgel zum »Wallfahrtsort.« Im Rahmen der Orgel-Einweihung hält Dr. Elsie Kühn-Leitz diese Ansprache:

»Ich schätze mich glücklich im Namen meines verewigten Vaters, Dr. Ernst Leitz sen., und als Bevollmächtigte der Firma Ernst Leitz, Optische Werke, zugleich im Namen meiner Brüder Dr. Ernst Leitz, Dr. Ludwig Leitz und Günther Leitz, das Schenkungsangebot über die Dom-Orgel der Evangelischen Kirche Wetzlar und der Katholischen Kirchengemeinde Dom »Unserer lieben Frau« übermitteln zu dürfen. Es war ein Wunsch meines verstorbenen Vaters, daß diese herrliche Orgel, die Professor Rudolf von Beckerath in Hamburg gebaut hat und die im Mai 1955 fertiggestellt wurde, im Dom zu Wetzlar zur Ehre und zum Lobe Gottes bei den Gottesdiensten beider Konfessionen erklingen soll, im Sinne der Kirche eines Herrn, der alle wahren Christen dienen sollten.

Lassen Sie mich hier eine Geschichte aus Albert Schweitzers Buch »Aus meiner Kindheit und Jugendzeit« erzählen:

»Noch eins habe ich aus der zugleich protestantischen und katholischen Kirche mit ins Leben hinausgenommen: religiöse Versöhnlichkeit, die aus einer Herrscherlaune Ludwigs XIV entstandene protestantisch-katholische Kirche ist mir mehr als eine merkwürdige geschichtliche Erscheinung. Sie gilt mir als Symbol dafür, dass die konfessionellen Unterschiede etwas sind, das bestimmt ist, einmal zu

verschwinden. Als Kind schon empfand ich es als etwas Schönes, daß in unserem Dorfe Katholiken und Protestanten in derselben Kirche Gottesdienst feierten. Noch heute erfüllt es mich mit Freude jedes Mal, wenn ich den Fuß in sie hineinsetze. Ich möchte wünschen, daß alle noch beiden Konfessionen gemeinschaftlichen Kirchen des Elsasses als solche erhalten bleiben, als eine Prophezeiung und eine Mahnung auf eine Zukunft der religiösen Eintracht, auf die wir den Sinn gerichtet haben müssen, wenn wir wahrhaft Christen sind.«

Wir erfüllen nunmehr den Willen unseres Vaters und richten dieses Schenkungsangebot an die beiden Konfessionen. Da mir die Stiftung der Dom-Orgel besonders am Herzen liegt und ich durch meine zwölfjährige Tätigkeit in der Kulturgemeinschaft der Musik besonders nahestehe, haben mich meine Brüder gebeten, die Familie zu vertreten, gleichzeitig mit der Auflage, dass die Orgel auch für kulturelle Zwecke zur Verfügung gestellt und das edle Instrument gepflegt wird.[...]

Es ist unser aller Wunsch, dass nie mehr ein Streit über diese Orgel entstehe, daß sie immer nur zur Freude der ganzen Christengemeinde, zum Lobe und zur Ehre Gottes an allen Feiertagen erklinge. Möge ihre Stimme nie mehr verstummen, kein Krieg sie je zerstören und kein Unfrieden ihr schaden!

In diesem Sinne darf ich Ihnen die Schenkungsurkunde übereichen und um ihre Annahme bitten.«[4]

*H*inter der Kulisse der Orgelweihe spielte sich ein weniger erfreu-liches Ereignis ab. Dr. Elsie Kühn-Leitz erzählt die Geschichte vom wandernden Christus, so wie sie in der Broschüre *Kommunale Kirche 5. Jahrgang, Gießen 1. Juni 1955, Nr.11, S.117ff* wiedergegeben wurde.

Christus von Barlach

Im Jahre 1955 ist der durch die Kriegsereignisse teilweise zerstörte Dom wieder restauriert und erstrahlt in alter Pracht. Die Familie Leitz hat eine wunderbare neue Orgel gestiftet, und die beiden Konfessionen können wieder entsprechend der Absprache ihren Gottesdienst ausüben. Da bittet man die Gönner noch einmal um ein würdiges Christusbild für den Altar. Familie Leitz entschließt sich schweren Herzens ihren eigenen Christus dafür herzugeben. Diese Skulptur des gekreuzigten Christus wurde von Ernst Barlach geschaffen, dem begnadeten Künstler, dessen Monumente im Dritten Reich als entartete Kunst verpönt waren. Das Original steht in Marburg vor der Elisabeth Kirche, und der einzige Abguss war von Ernst Leitz erworben worden und zierte Haus Friedwart, die Villa. Während der Bombennächte wurde der Christus als kostbarstes Gut in einer Kiste im Keller geborgen, aber nach beendetem tausendjährigem Reich erhielt er einen würdigen Platz oberhalb eines handgeschnitzten Treppenaufgangs. Von den Familienmitgliedern geliebt, von den Gästen bewundert, verbreitete er jahrelang von dort aus einen stillen Segen und eine tiefe Hoffnung.

In den Sitzungen des Dombau-Vereins wird nun hin- und her-beraten, ob er nicht zu groß und beeindruckend sei, man steht lange vor dem Vierungsaltar, berät Höhe und Breite und die Unterbringung des herrlichen Christus und einigt sich. Er soll also in dem schönen Dom an heiligster Stelle auf dem Altar in der Mitte angebracht werden.

Nicht einigen können sich die Konfessionen viele Monate hindurch, wer das Eigentum an der Orgel bekommen soll, und da entschließt man sich kurzerhand, bevor sie zum ersten Mal in voller Pracht durch die Hände des größten deutschen Organisten, eines blinden Meisters, erklingen soll, die Orgel der Stadtgemeinde zu schenken, die gleichzeitig für den Unterhalt derselben aufzukommen hat und die Auflage erhält, die Orgel beiden Konfessionen gleichermaßen zur Verfügung zu stellen, wie auch erbauende Orgelkonzerte zu gestatten.

An dem Tag, an dem die Orgel zum ersten Mal erklingen soll, bekommt die Stifterfamilie, die sowohl Orgel wie Kreuz gestiftet hat, vom Oberhaupt der katholischen Kirche der Stadt einen Brief, worin steht: *da die Verhandlungen zwischen den beiden Konfessionen zu keiner neuen Domordnung geführt hätten und die nunmehrige Schenkung an die Stadt die bestehende Möglichkeit der Einigung völlig unterbunden hätte, müsste auch der Christus von Barlach, obwohl er ein großes Kunstwerk sei, am gleichen Tage bis mittags 12 Uhr verschwinden, widrigenfalls er im Wege der einstweiligen Verfügung entfernt werden müsse. Noch einmal versuchen gläubige Christen am gleichen Tage vor 12 Uhr eine Einigung zu erzielen, aber der rächende Geist, der sich hinter einer alten Domordnung verschanzt, ist stärker. Kurz nach 12 Uhr muss sich der Christus wieder auf die Wanderschaft begeben; er wird abmontiert, auf einen Elektrokarren verladen und traurig wieder den Berg hinauf in seine alte Heimstätte gefahren. Die Hoffnung, er könne in seiner Schönheit und Stille weiter versöhnend in dem herrlichen Dom stehen, beiden Konfessionen zur Freude, beiden Konfessionen zum Segen, war damit zerstört.*

Da auch im 20. Jahrhundert die Gefahren rechts und links lauern, die Welt voller Uneinigkeit ist, der Osten mit seiner Verherrlichung des Antichrist vor der Grenze wartet, war der Schmerz des Christus, daß er nicht in einer schönen Kirche zum Heile der ganzen Stadt stehen durfte, sehr groß. Er wartet nun geduldig an seinem alten Platz, ob die Welt noch einmal einsichtiger, erhellter und friedlicher werden wird.

Und zumindest in Wetzlar wird die Welt heller und abwechslungsreicher. Anhand eines Auszugs der Gästeliste von Haus Friedwart zeigt sich, welch illustre Besucher in die Stadt an der Lahn kommen und dort im Haus Friedwart gesellige Stunden und Tage verbringen. In den 1960er Jahren finden sich viele Eintragungen von Gästen aus Guinea, Gabun und Zaire, was aus dem gesteigerten Interesse von

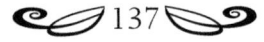

Elsie Kühn-Leitz an Afrika resultiert. Man diskutiert auf Französisch über die politische Situation in den afrikanischen Ländern nach der gewonnenen Unabhängigkeit.

Im Gästebuch Haus Friedwart (eine Auswahl)

Musiker:	Walter Gieseking / Elly Ney / Helmut Walcha
	Justus Franz / Ludwig Hoelscher
	Dietrich Fischer-Dieskau / Claudio Arrau
	Wilhelm Backhaus / Stefan Askenase
	Saschko Gawriloff
Schauspieler:	Paul Henkels / Marianne Hoppe
Vortragende:	Heinrich Medau / Eugen Kogon
	Hilde Domin / Rupert Neudeck
Politiker:	Friedensnobelpreisträger A. Schweitzer
	Theodor Heuss / Konrad Adenauer
	Patrice Lumumba / Léopold Senghor
Adlige:	Herzog von Kent
	Prinz Claus der Niederlande
	Kronprinz Akihito von Japan
	König Bhumibol von Thailand
	Fürst Hans Adam III v. u. z. Liechtenstein
Fotografen:	Henri Cartier-Bresson / Alfred Eisenstaedt
	Germaine Krull

Viele der Gäste erinnern sich gerne an den Aufenthalt in Haus Friedwart. Der bekannte Fotograf Henri Bresson-Cartier schreibt:

Ich kannte Elsie Leitz gut, und sie empfing mich stets herzlich in Haus Friedwart, wenn ich Wetzlar besuchte. Ich war immer beeindruckt von ihrem leidenschaftlichen Einsatz für internationale menschliche Probleme und die großen Risiken, die sie in Kauf nahm, um während des Krieges Menschen zu helfen, die in Gefahr waren.

Ich erinnere mich an sie mit tiefer Bewunderung.

J'ai bien connu Elsie Leitz
qui m'a toujours reçu Haus
Friedwart très chaleureuse-
ment pendant mes séjours à
Wetzlar.
J'étais très impressioné
par ses profondes préoccupa-
tions pour les causes hu-
manitaires internationales
et les grands risques qu'elle
a couru en sauvant de
nombreuses personnes mena-
cées pendant la guerre.

Je salue profondément
sa mémoire.
Henri Cartier-Bresson
(Leicaiste amateur)

Signaturen aus dem Gästebuch von Haus Friedwart

Das Jahr 1949 wird für Elsie Kühn-Leitz ein ereignisreiches Jahr, denn es stehen neben den künstlerischen Veranstaltungen in Haus Friedwart und in der Stadt zwei bedeutende Geburtstagsfeiern an. Da feiern als erstes die Leitz-Werke ihr 100jähriges Bestehen. Der Festakt mit mehr als 4000 Mitarbeitern und hochkarätigen Vertretern aus Wissenschaft und Politik findet im Hof zwischen den Hochhäusern statt. Elsie vertritt würdig den weiblichen Teil des Familien-Clans.

GOETHE ZU EHREN

Dann feiert man das ganze Jahr über noch den 200. Geburtstag von Goethe, und Elsie ist in alle Vorbereitungen und Durchführungen involviert. Gleichzeitig wird eine *Goethe-Vereinigung Wetzlar* ins Leben gerufen, die sich als ständiges Generalsekretariat der *Europäischen Gespräche* im Sinne eines weltoffenen Deutschlands in der Nachkriegszeit versteht, aber es wird kein Erfolg, da die Zeit dafür noch nicht reif ist.

Es sind die ersten Nachkriegsjahre, und die meisten Menschen kämpfen noch um die bloße Existenz. Das Landesernährungsamt Hessen bewilligt daher 70 Ztr. Lebensmittel für die Goethe-Gäste. Bezugsscheine werden an die Wetzlarer Gaststätten verteilt, die dadurch während der Goethe-Woche ihre Speisekarte um ein beachtliches Angebot – und sogar zu erschwinglichen Preisen – erweitern können. Die Gäste des Jugendlagers Wetzlar erhalten neben der Schulspeisung einen extra Verpflegungsgutschein.

Höhepunkt des Goethe-Jahres ist die vom 20.-28. August stattfindende Festwoche mit unterschiedlichsten Veranstaltungen, Konzerten und Theateraufführungen. Aus Goethes Werken hat man sowohl *Egmont* als auch *Iphigenie* ausgewählt, beides als Freilicht-Aufführungen. *Egmont* wird auf dem Kornmarkt gespielt und Iphigenie im Rosengärtchen. Letztere Spielstätte wurde erst kurz vorher von einer Trümmerwildnis, in die es die Kriegs- und Nachkriegszeit versetzt hatten, in einen hübschen Spielort verwandelt. Über diesen Platz und die Aufführung schrieb der Berichterstatter der Wetzlarer Neuen Zeitung (WNZ):

»Mit zu den tiefsten Eindrücken der Wetzlarer Goethe-Festwoche gehört die Aufführung von Goethes Iphigenie durch das Hessische Theater der Jugend im Rosengärtchen. [...] Es wird zu einem der schönsten Gewinne der Wetzlarer Festwoche gehören, wenn diese schnell improvisierte Freilichtbühne in Zukunft zu einer Dauereinrichtung für Wetzlar wird.«[5]

In Erinnerung an das Gedenkjahr 1949 bleiben außerdem die vielen Veranstaltungen zu Ehren des Dichterfürsten, die zum großen Teil bis heute wiederholt werden.

In den Goethe gewidmeten Museen der Stadt, dem *Lottehaus* und dem *Jerusalemhaus* werden spezielle Führungen angeboten.

Das *Lottehaus* diente ursprünglich als Verwalterhaus der Marburger Niederlassung des Deutschen Ordens in Wetzlar. Die noch

heute gebräuchliche Bezeichnung *Lottehaus* erhielt das Gebäude in späterer Zeit, nachdem 1863 Wetzlarer Bürgerinnen und Bürger dort eine Gedenkstätte für Goethes Lotte eingerichtet hatten. Denn als Goethe nach Wetzlar kam, lebte Charlotte Buff hier mit ihrem Vater Heinrich Buff, Amtmann und Verwalter des Deutschen Ordens, sowie ihren elf Geschwistern.

Das *Jerusalemhaus* bildet das literaturhistorische Pendant zum *Lottehaus*. Benannt wurde das Gebäude nach dem am Reichskammergericht tätigen braunschweigischen Legationssekretär Karl Wilhelm Jerusalem, der zum Zeitpunkt seines tragischen Selbstmordes im Jahr 1772 hier wohnte und Vorbild für Goethes Romanfigur des *Werther* wurde. Die Gedenkzimmer zeigen außer bürgerlichem Mobiliar des 18. Jahrhunderts grafische Bildnisse, Landkarten und Druckschriften mit zeitlichem und biografischem Bezug. Neben der Gedenkstätte befindet sich in dem Gebäude die Museumsverwaltung sowie die von der Wetzlarer Goethe-Gesellschaft verwaltete Goethe-Werther-Bücherei.

Erst im Jahre 1973 wird Dr. Elsie Kühn-Leitz Gründungsmitglied der *Wetzlarer Goethegesellschaft*.

Noch im 21. Jahrhundert folgt man auf dem Wetzlarer Goethe-Weg den Pfaden, die der junge Johann Wolfgang oft gegangen ist. Heute kennzeichnen Zitatsteine am Wegesrand die Stellen, die seinen Schilderungen im Roman *Die Leiden des jungen Werther* zugrunde liegen.

Das 10jährige Bestehen der
»Wetzlarer Kulturgemeinschaft«

Am 1. Oktober 1955 feiert die »Wetzlarer Kulturgemeinschaft« mit einem festlichen Konzert ihr 10jähriges Bestehen. Man zieht Bilanz und denkt an den Gründungs-Beschluss, der unter anderem feststellte:

»Es ist das Bestreben der Wetzlarer Kulturgemeinschaft, nur erstklassige Darbietungen zu bringen, vor allen Dingen musikalischer Art. Die Künstler, die hier verpflichtet werden, sind meist in Deutschland und im Ausland anerkannt. Daneben werden auch junge, aufstrebende Künstler engagiert. Die Programme sehen in erster Linie Klassiker vor, daneben auch zeitgenössische Musik.«

Voller Stolz wird nun konstatiert: Es ist gelungen, Wetzlar zu einer anerkannten Musikstadt zu machen, auch wenn der Beginn äußerst mühsam war. Walter Ebertz, ehemaliges Orchestermitglied und späterer Museumsdirektor und Konservator, kam 1949 aus russischer Gefangenschaft und suchte Anschluss als Orchestermusiker. Er erinnert sich:

Dort, wo einst unsere erste Stadthalle, der Schützengarten, gestanden hatte, der 1943 durch Bomben zerstört wurde, befanden sich in dem noch vorhandenen Gebäuderest das Leitz-Gemeinschaftshaus und unmittelbar daneben die sogenannten Leitz-Baracken. Die größte davon wurde auf Veranlassung von Dr. Elsie Kühn-Leitz dem Orchester zur Verfügung gestellt, aber nicht nur das – wir wurden an den Probetagen auch noch verköstigt, und das war wiederum nur der guten Seele zu verdanken. Sie kam zu uns, setzte sich während der Pause an einen Tisch, um mit den Musikern Kontakt zu bekommen, und hatte immer ein offenes Ohr für deren Sorgen.[6]

In der Zeit des Wiederaufbaus setzte sich Dr. Elsie Kühn- Leitz für den Bau eines angemessenen Konzertsaals ein, sodass in den folgenden Jahren in Wetzlar große Oratorien aufgeführt werden konnten: *1948 Matthäus-Passion, 1949 Weihnachts-Oratorium von Bach und Deutsches Requiem von Brahms, 1950 Heilige Elisabeth von Jos. Haas, 1951 Requiem von Verdi.*

Später gelangten zur Aufführung: *Judas Maccabäus, Johannes-Passion, Missa Solemis, Messias, Hohe Messe in h-moll und 1954 Carmina Burana von Orff.*[7]

Immer wieder versuchte man möglichst viele Besucher anzusprechen und zu integrieren; so wurden die Schulen ausdrücklich auf jede Veranstaltung hingewiesen, Schüler erhielten ermäßigte Preise, Stadt- und Kreisverwaltung, ebenso die Industriefirmen nahmen Karten ab, die den Betriebsangehörigen günstig angeboten wurden, und schließlich konnten auch Jahresabonnements erworben werden.

Heinrich Bitsch, Kulturreferent der Stadt Gießen, erklärt in seiner Laudatio:

Man darf Frau Dr. Kühn-Leitz die Seele der Wetzlarer Kulturgemeinschaft nennen; sie ist es, da sie selbst mit allen Fasern ihres Lebens der Musik ergeben ist. In diese große Liebe ist ihr Leben einbezogen. So sei zum Schluss folgendes Erlebnis angeführt: Nach der diesjährigen Tagung des »Kulturkreises der Deutschen Industrie« in Aachen und einer anstrengenden Studienfahrt nach Brügge saß Frau Dr. Kühn-Leitz allein im großen Kursaal, erschöpft und abgespannt. Sie wollte eine Droge gegen die aufkommende Migräne einnehmen. Da spielte ihr ein neunzehnjähriger Stipendiat des Kulturkreises eine

Sonate von Haydn vor. »Das ist meine Arzenei«; rief die blonde Frau Doktor glücklich aus und vergaß die Droge, ihre Kopfschmerzen, und alle Erschöpfung war aus ihrem Gesicht und ihren Augen genommen.

(aus: Hessische Hefte, Jahrgang 5, 1955, Heft 10, S.400)[8]

Musikzimmer – Bleistiftskizze von Bruno Paul

Dieter Weiss, ein ehemaliger Schüler des Goethe-Gymnasiums in Wetzlar und Mitglied der Deutsch-Französischen Gesellschaft, blieb Dr. Elsie Kühn-Leitz und dem Hause Friedwald stets verbunden. Bei seinen Erinnerungsstücken befand sich noch das Programm eines Konzertes, das er 1967 im Haus Friedwart besuchte. Er erinnert sich, dass die Studenten auf den Treppenstufen saßen und Elsie sich mit einem Glas Wein in der Hand ganz zwanglos dazwischen setzte. Gemeinsam genoss man das Harfenkonzert.

Einladung zum Hauskonzert in Haus Friedwart
am Freitag, dem 17. Februar 1967, 20.30 Uhr
Mme. Giselle Herbert, Harfe

Programm:

Jean Philippe Rameau   «*Die Ägypterin*»
1683-1764
Antonio Soler   *Drei Sonaten*
1729-1783
                            A-Dur
                            h-Mol
                            C-Dur

Giov. Battista Pescetti   *Allegretto*
1704-1766
Joh. Ladislaus Dussek   *Sonate g-Moll*
                            Allegro
                            Andantino
                            Rondo Allegro

Pause

Paul Hindemith   *Sonate (1939)*
1895-1964   *Mässig schnell*
                            Lebhaft

Jesus Guridi   *Viejo Zortzico*
1886   *Baskischer Tanz*
Albert Roussel   «*Impromptu*»
Germaine Tailleferre   *Sonate*
1892 geb.   *Allegretto*
                            Lento
                            Perpetuum Mobile

Die Familie Leitz würde sich freuen,
Sie an diesem Abend begrüßen zu dürfen.

147

VIII.
Für ein geeintes Europa

Konrad Adenauer

Lithographie von Helga Tiemann

Konrad Adenauer wird im März 1933 seines Amtes als Kölner Oberbürgermeister enthoben. Die NSDAP zieht mit der Parole »Fort mit Adenauer« in den Wahlkampf. Man wirft ihm vor, dass er gläubig ist, dass er zu viel verdient, dass er in der Schweiz Urlaub macht und dass er freundlich zu den Juden ist. Als er vor einer Wahlkampfveranstaltung, zu der Hitler nach Köln kommen will, alle Hakenkreuzfahnen, die an städtischen Masten gehisst worden sind, entfernen lässt, ist es um seine Sicherheit geschehen. In seiner Wohnung klingelt ständig das Telefon und anonyme Stimmen verkünden seiner Frau, ihm und seinen Söhnen, dass sie alle bald verschwunden sein würden. SA-Leute dringen in seine Dienstwohnung ein und baden dort genüsslich in des Oberbürgermeisters Badewanne. Am 12. März soll die Kommunalwahl stattfinden. Am Abend vorher bringt das Ehepaar Adenauer seine Kinder in das Caritas-Krankenhaus Hohenlind, das unter dem Schutz der Katholischen Kirche steht. Die NSADP gewinnt die Wahl, Adenauer wird aus seinem Amt vertrieben, und er flüchtet zuerst nach Berlin in eine Wohnung, die er als Vorsitzender des Preußischen Staatsrates offiziell nutzen kann. Doch auch hier wird er von seinem Posten abgesetzt. Da erinnert er sich an seinen alten Schulfreund Ildefons Herwegen, den Abt des Klosters Maria Laach in der Eifel. Im Schutz der hohen Klostermauern wird er die Jahre des Braunen Terrors verbringen.

Gussie Adenauer, die Ehefrau, fährt immer wieder von Köln aus mit dem Bus nach Andernach und weiter mit dem Postbus bis nach Maria Laach, um den Eingesperrten zu besuchen. Im Juli bleibt der zehnjährige Sohn Paul sogar ein paar Wochen bei seinem Vater im Kloster. Jede Abwechslung hilft dem Verbannten, die Zeit im Exil leichter zu überstehen.[1]

Im Jahre 1945 setzt die amerikanische Besatzungsmacht Konrad Adenauer wieder als Kölner Bürgermeister ein. Im darauffolgenden Jahr wählt man ihn zum 1. Vorsitzenden der neugegründeten

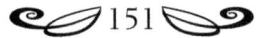

Christlich Demokratischen Union CDU, und 1949 wird er der erste Bundeskanzler der Bundesrepublik Deutschland. 1951 übernimmt Adenauer zusätzlich das neugeschaffene Amt des Außenministers. Schwerpunkt seiner Politik ist nach dem verlorenen Krieg die Westintegration. Mit dem Inkrafttreten der Pariser Verträge 1955 erreicht Adenauer schließlich die endgültige Souveränität Deutschlands.

KONRAD ADENAUER
RATGEBER UND FREUND

Dr. Elsie Kühn-Leitz hat sich zu diesem Zeitpunkt schon auf lokaler Ebene um die Völkerverständigung bemüht; sie gehört seit 1955 zu den Gründern der Deutsch-Französischen Gesellschaft Wetzlar und wird deren Präsidentin. Ihr Interesse geht auf eine denkwürdige Begegnung mit dem damaligen Bundeskanzler Konrad Adenauer zurück. Adenauer hatte zwar 1952 schon Wetzlar und auch Haus Friedwart besucht, jedoch in Abwesenheit von Elsie Kühn-Leitz. Das erste persönliche Zusammentreffen der beiden und der Beginn einer Jahrzehnte langen engen Freundschaft findet bei einem Empfang zum 70. Geburtstag des Bundespräsidenten Theodor Heuss am 31. Januar 1954 in Bad Godesberg statt. Als Frau Dr. Kühn-Leitz Adenauer im Gespräch von ihren europäischen Begegnungen berichtet, soll dieser wörtlich gesagt haben:

»Noch wichtiger ist zur Zeit die deutsch-französische Verständigung. Wenn Sie sich dafür einsetzen und tätig werden könnten, ist es das Beste, was Sie tun können.«[2]

Kurz nach dem 80. Geburtstag des Bundeskanzlers erhalten im Januar 1956 Frau Dr. Kühn-Leitz und ihr Bruder Ernst Leitz eine Einladung zu einem Besuch in Rhöndorf. Als Gast- und ein nachträgliches Geburtstagsgeschenk bringen die beiden das 800.000ste Exemplar einer Leica, zwei Bildbände bedeutender Fotografen und

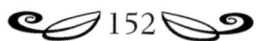

den neuesten Feldstecher der Firma Leitz mit. Das Wichtigste bei diesem Treffen sind jedoch der Gedankenaustausch und die politischen Gespräche. Der Bundeskanzler findet in Elsie Kühn-Leitz eine überzeugte Mitstreiterin und persönliche Vertraute. Aus den folgenden Jahren sind allein 86 Briefe Adenauers, darunter 12 handschriftliche, und hunderte Seiten von Elsie Kühn-Leitz erhalten, in denen beide von ihren Erlebnissen, Begegnungen und Aktivitäten berichten und politische Ansichten austauschen.

Die Begegnung mit Konrad Adenauer und seine Bitte, sich um die deutsch-französischen Beziehungen zu kümmern, lassen Dr. Elsie Kühn-Leitz zur Tat schreiten. Schon 1955 wird eine *Deutsch-Französische Gesellschaft Wetzlar* gegründet, mit dem Ziel, persönliche Verbindungen zum Nachbarland aufzubauen. Das ist nicht leicht, denn in den 1950er Jahren herrschen auf französischer Seite noch starke Ressentiments gegen die Deutschen, und auch in Wetzlar hat man den Krieg noch nicht vergessen, und die französische Besatzung ist vielen ein Dorn im Auge. Doch ein zaghafter Anfang wird gemacht.

Am 10. November 1955 hält Dr. Elsie Kühn-Leitz die Eröffnungsrede zur Gründung der *Deutsch-französischen Gesellschaft Sektion Wetzlar*. Sie betont, dass für die Gründung der Vereinigten Staaten von Europa die restlose Verständigung der beiden großen Nachbarländer Frankreich und Deutschland vonnöten ist – Basis dafür sei das gegenseitige Verstehen und Kennenlernen.

Zwar befindet sich zu diesem Zeitpunkt in Wetzlar schon länger als drei Jahre französisches Militär, und die maßgebenden Franzosen pflegen Kontakte mit Vertretern der Stadt und einflussreichen Persönlichkeiten. So trifft man sich bei gesellschaftlichen Veranstaltungen wie zum Beispiel Cocktailpartys und auf Bällen, jedoch für eine echte Völkerverständigung sind diese Veranstaltungen für wenige nicht genug. Frau Kühn-Leitz schlägt deshalb vor, dass als erstes Familienpartnerschaften zwischen Wetzlarer Bürgern und Franzosen gegründet werden sollen. Im nächsten Schritt müsse eine Partnerschaft mit einer französischen Stadt angebahnt werden. Nach Recherche und gründlicher Überlegung entscheidet man sich für die geschichtsträchtige Stadt *Avignon*, in der Region Provence-Alpes-Côte d'Azur am linken Ufer der Rhône.

Die südfranzösische Stadt Avignon geht auf eine ligurische Ansiedlung zurück. Viele Brücken führen über die Rhône, doch die alte Steinbrücke von Avignon, die in einem weltbekannten Volkslied besungen wird, ist die berühmteste von allen. Von ihren 22 Brückenbögen sind heute nur noch vier erhalten, und diese gehören zum Weltkulturerbe.

Ihre wahre Bedeutung erlangte die Stadt als Sitz der Päpste im 14. Jahrhundert. Um dem päpstlichen Exil Glanz und Würde zu verleihen, wurde eine mächtige gotische Festung gebaut, die Kirche und Palast zugleich war, und die bis heute zu den bedeutendsten Sehenswürdigkeiten Frankreichs gehört.

In ihrer Eröffnungsrede zur Gründung der Deutsch- Französischen Gesellschaft erzählt Dr. Elsie Kühn-Leitz von der Suche nach einer geeigneten Partnerstadt:

... Unsere Gedanken gingen dabei nach dem Süden Frankreichs, denn der Deutsche hat immer den Hang nach dem Süden. Wie es nun der Zufall und die Richtung unserer Gedanken fügte, kam uns dabei

ein junger französischer Armee-Arzt aus Avignon zu Hilfe, der län-
gere Zeit hier stationiert war, und uns zunächst mit dem »Mouvement
Européen« in Avignon und seinen maßgeblichen Führern bekannt
machte. Ein reger Briefwechsel begann, und im Juni 1957 kam eine
fünfköpfige Delegation aus Avignon für drei Tage zu uns, um die ersten
persönlichen Freundschaftsbande zu knüpfen und unsere große Reise zu
Ostern 1958 nach Avignon zu besprechen.[3]

FREUNDSCHAFTSFAHRTEN
Die erste Reise von Wetzlar nach Avignon

Der Weg ist das Ziel. – *L'itinéraire est le but.*
981,1 km
© Bennet L. Döringer

Das ist erst der Anfang! – *Ce n'est que le début !*

Ostern 1958 ist es endlich so weit. 300 Wetzlarer Bürger fahren mit Autobussen, Privatwagen und per Eisenbahn für eine Woche nach Avignon. Mit dabei sind offizielle Vertreter der Stadt Wetzlar (wie Bürgermeister und Stadtverordnetenvorsteher), Vertreter der Schulen, der Kirchen, Vertreter des Kreises, der Industrien, verschiedener Organisationen (wie ADAC, der Vorstand ehemaliger Heimkehrer u. a.) und zahlreiche Mitglieder der *Deutsch-Französischen Gesellschaft Wetzlar*. Aber auch zwei Tanztruppen, ein Klaviertrio und vor allem 120 Sänger der Wetzlarer Singakademie mit ihrem Dirigenten und mehrere Solisten reisen zur musikalischen Unterstützung mit. Kurz, die Vertreter aller Berufsstände und Schichten der 40.000 Einwohner zählenden Stadt erwartet ein vielversprechender Ausflug.

In Avignon angekommen findet am Karfreitag, dem 4. April 1858, im *Hôtel de Ville* zum Empfang ein Festakt statt, bei dem nach diversen Reden die Freundschaft mit einem Champagnerumtrunk besiegelt wird. In den folgenden Tagen sind Ausstellungsbesuche, Konzerte und Tanzveranstaltungen angesagt, dazu kommen noch Ausflugsfahrten je nach Wahl in die Camargue, nach Marseille, Orange, Vaison la Romaine, Les Baux, Pont du Gard, Nîmes und Tarascon. Es gibt auch Gelegenheit, verschiedene große Weinkellereien zu besichtigen, so in Châteauneuf du Pape, Chusclan, Laudun und Tavel. Hier kommen richtige Fröhlichkeit und herzliche Verbundenheit zum Ausdruck, denn Wein und Sekt lockern die Stimmung auf!

Zum Abschluss der großen gemeinsamen Fahrt gibt es einen folkloristischen Ball im Saal Benoît XII in Avignon, und die Wetzlarer Bürger können überzeugt sagen:

Wir hatten ein Leben wie Gott in Frankreich.
Merci beaucoup pour tout ce que vous avez fait !

Die Reise von Avignon nach Wetzlar

*D*er Besuch aus Avignon findet, wie vereinbart, vom 17. bis 24. Juli des gleichen Jahres statt. Hier, in der alten ehemaligen Reichsstadt Wetzlar, sind die Bürger nicht untätig geblieben, denn man erwartet 100 Personen jeden Alters und etwas später noch 60 Avignoner Schüler. Zum herzlichen Empfang grüßen überall große Spruchbänder in Orange und Rot, den Farben der Provence.

BIENVENUE AUX AVIGNONAIS A WETZLAR

Die Eingangshalle des Leitz-Verwaltungsgebäudes ist zum Centre d'Acceuil (Empfangsraum) bestimmt worden, und jeder Besucher erhält ein hübsch gestaltetes Programmheft, in dem auf 32 Seiten alle Veranstaltungen aufgeführt sind.

Mme Christiane Bourdenet hat ihr Exemplar zur Verfügung gestellt.

Am Abend findet im Saal des Leitz- Verwaltungsgebäudes die offizielle Begrüßung statt, und das Wetzlarer Klaviertrio beschließt die Veranstaltung mit Werken von Ravel, Debussy und Brahms.

In den folgenden Tagen besuchen die Gäste in drei Gruppen die Wetzlarer Altstadt mit dem Dom und als Kontrastprogramm die modernen Industrieanlagen. Da sind die Optischen Werke von Ernst Leitz, in denen nicht nur die Leica, sondern auch Mikroskope aller Art, Projektionsapparate, Mess-Instrumente, Ferngläser etc. hergestellt werden, und daneben die 200 Jahre alten Buderus'schen Eisenwerke, die Rohre, Heizungen, Kessel, Herde, Gusswaren und Kunstguss anfertigen. Darüber hinaus gibt es derzeit noch eine Reihe optischer Fabriken, sowie die Röchling-Stahlwerke, das Zweigwerk von Philips Eindhoven, welches Radioapparate, Fernsehgeräte und elektrische Rasierapparate herstellt.

Ein etwas anderes Ausflugsziel ist der ländliche Kreis Wetzlar, wo in den kleineren Ortschaften die Dorfgemeinschaftshäuser für die Besucher ihre Türen öffnen. Diese Treffpunkte mit ihren Büchereien und Gemeinschaftsräumen sind nicht nur für die Bildung wichtig, sondern auch für die dörfliche Geselligkeit. Den Franzosen zeigt man stolz die modernen hellen Schulen mit großen Turnhallen, die Altersheime, Kinderheime, Jugendherbergen, kurzum alles Wesentliche, was der Kreis zu bieten hat. So wird ein gewisser Kontrast aufgezeigt zu den pittoresken französischen Dörfern im Süden, in denen der Deutsche gern Urlaub macht.

Am abendlichen Volksfest im Wetzlarer Freilichttheater, dem Rosengarten, nehmen außer den Gästen noch 5.000 Bürgerinnen und Bürger Wetzlars teil. Es präsentieren sich drei Wetzlarer Tanzgruppen sowie die französische Gruppe »Lou Riban de Prouvenco«.

Die darauf folgenden Tage sind angefüllt mit Besuchen in der weiteren Umgebung. Es geht nach Limburg mit seinem alten romanischen Dom, nach Weilburg mit dem herrlichem Renaissance-Schloss, sowie ins romantische Kurstädtchen Braunfels, das überragt wird von

dem einzigartigen Schloss der Fürsten zu Solms-Braunfels, die es heute noch bewohnen.

Höhepunkt des Besuchs der Franzosen ist für viele jedoch die Rheinfahrt mit dem Dampfer von Rüdesheim nach Bonn, wo das Bundeshaus und das Kleinod der Stadt, Beethovens Geburtshaus, besichtigt werden.

Am Abend vor der Abreise gibt die Firma Buderus in ihrer hellen, modernen Kantine ein Abschiedsfest mit Musik und gemeinsamen Tänzen.[4]

Im folgenden Jahr, zu Ostern 1959, beginnt erstmalig der Schüleraustausch zwischen beiden Städten, und der Zusammenhalt von deutschen und französischen Bürgern wird immer enger, sodass im April 1960 die offizielle Partnerschaftsfeier in Avignon stattfinden kann.

Ein Fest in Avignon
Die Partnerschaftsfeier im April 1960

Am 24. April 1960 ist es schließlich so weit. Im Festsaal des Rathauses zu Avignon wird die Städtepartnerschaft Wetzlar-Avignon feierlich besiegelt. Diese Zeremonie ist der Höhepunkt einer Reihe außergewöhnlicher Veranstaltungen.

Zur feierlichen Beurkundung der Städtepartnerschaft haben die Franzosen den Festsaal ihres Rathauses mit der Trikolore und den Fahnen Avignons, Hessens und Wetzlars geschmückt. Alles was in Avignon Rang und Namen hat nimmt an der Feier teil. Julien Dhombres, der Präsident der europäischen Bewegung des Départements Vaucluse endet seine Begrüßungsrede mit den Worten:

»Wir wollen Ihnen sagen, dass wir, die Männer und Frauen Avignons, bereit sind, unsere intensive Arbeit fortzusetzen, um ein einiges Europa in Frieden und Freiheit zu schaffen.«

Dr. Elsie Kühn-Leitz, Wegbereiterin der Partnerschaft, appelliert an die Jugend, die sie als den Grundpfeiler der Partnerschaftsarbeit sieht; sie fordert dazu auf, durch gegenseitige Besuche in den Partnerstädten kulturelle und sportliche Kontakte zu knüpfen und zu pflegen. Ihr Aufruf lautet:

»Es lebe die deutsch-französischen Freundschaft, die der Grundstein von Europa ist. Vive l'amitié allemande-française qui est la première pierre de l'Europe.«

Zur Erinnerung an die Geburtsstunde der Städtepartnerstadt überreicht Bürgermeister Schmidt der Stadt Avignon ein Bild Wetzlars, das eigens für diesen Tag von einem Wetzlarer Künstler gemalt wurde, und nimmt ein Geschenk der Stadt Avignon, ebenfalls ein Gemälde, entgegen.

Außerdem hat Dr. Kühn-Leitz für das Treffen eine beeindruckende Foto-Ausstellung zusammengestellt, die umfassend das Gesicht der Stadt Wetzlar und ihrer Umgebung in 220 Vergrößerungen wiedergibt. Vor Ort kümmert sie sich persönlich um die Auswahl der Fotos und deren Hängung. Günther Weiss, ein mitgereister Schüler aus Wetzlar, hilft ihr bei der Ausstellung und erinnert sich:

Als wir mit den gerahmten Fotos in den Ausstellungsraum kamen, war dieser ziemlich verschmutzt. Frau Dr. Kühn-Leitz wartete nicht auf fremde Hilfe. Sie besorgte sich selbst Besen und Schaufel und kehrte den Boden rein, was mich sehr erstaunte.

Am Ankunftstag wird vor der alten, im Lied besungenen Rhône-Brücke (»Sur le pont d'Avignon«) ein Volksfest eröffnet, das drei Tage dauert. In den frühen Nachmittagsstunden ziehen Trachten- und Volkstanzgruppen aus dem Département Vaucluse durch die fahnengeschmückten Straßen. Mit dabei sind auch Reiter aus der Camargue und junge Stiere. Hunderte Menschen formieren sich zu einem kilometerlangen, in allen Farben leuchtenden Umzug, der bis zur

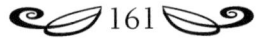

Wiese vor der Brücke führt. Gegen Abend musiziert auf dem Platz vor dem Rathaus die Avignoner »Harmonie Municipale« und mit hereinbrechender Dunkelheit zieht ein Fackelzug durch die Stadt, musikalisch eingebettet in die Musik der heimischen Kapelle »Réveil Avignonnais« und des Wetzlarer Buderus-Orchesters.

Zum Abschluss der Feierlichkeiten wird zu einem Dîner in den großen Audienzsaal des 600 Jahre alten Papstpalastes geladen. Hier, wo einst Päpste die Würdenträger aus aller Welt empfingen, ist eine Tafel mit hunderten von Kerzen für 250 Gäste gedeckt. Das Festmahl besteht aus 14 verschiedenen Gängen aus der französischen Küche, begleitet von erlesenen Getränken. Den abschließenden Höhepunkt des Dîners bilden die Tänze des Wetzlarer Weltmeisterpaares Karl und Ursula Breuer zwischen den Pfeilern der großen Halle unter dem gotischen Gewölbe. Ein unvergessliches Erlebnis für Gastgeber und Besucher.[5]

Im Jahre 1966 wird Dr. Elsie Kühn-Leitz Ehrenbürgerin der Stadt Avignon.

VILLE D'AVIGNON

Par délibération en date du 9 Mai 1966, le Conseil Municipal d'Avignon a conféré, à l'unanimité, le titre de "Citoyen d'Honneur de la Ville d'Avignon" à

Madame le Docteur Elsie KÜHN-LEITZ
Présidente de la Société Franco-Allemande de Wetzlar

en reconnaissance de son action éminente en faveur du Jumelage des Villes d'AVIGNON et de WETZLAR et du rapprochement pacifique des peuples.

En foi de quoi a été établi le présent Diplôme qui a été solennellement remis au récipiendaire le 21 Mai 1966, dans la Salle des Fêtes de l'Hôtel de Ville à l'occasion de la célébration, à Avignon, du Sixième Anniversaire de ce jumelage.

Le Maire d'Avignon :

6

Dr. Elsie Kühn-Leitz hatte 1955 mit der Gründung der *Deutsch-Französischen Gesellschaft Wetzlar* einen ersten Schritt zur Annäherung und Versöhnung der beiden ehemals verfeindeten Nachbarstaaten getan. Zwei Jahre später, im Jahre 1957, wurde im Haus Friedwart der *Arbeitskreis Deutsch-Französischer Gesellschaften* (heute *Vereinigung Deutsch-Französischer Gesellschaften für Europa*), die Dachorganisation aller deutsch-französischen Institutionen der Zivilgesellschaft gegründet. Frau Elsie Kühn-Leitz war dann deren langjährige Präsidentin und Ehrenpräsidentin.

Die offizielle politische Vereinbarung zwischen Deutschland und Frankreich folgte erst acht Jahre später. Am 22. Januar 1963 unterzeichneten Bundeskanzler Konrad Adenauer und der französische Staatspräsident Charles de Gaulle im Pariser Élysée-Palast eine »Gemeinsame Erklärung« und den »Vertrag über die deutsch-französische Zusammenarbeit«. Dieser Vertrag legte den Grundstein für die Freundschaft zwischen den beiden Ländern Deutschland und Frankreich und damit für den dauerhaften Frieden in Europa. Er fordert neben regelmäßigen Treffen von Regierungsvertretern unter anderem Absprachen über eine möglichst gemeinsame Außen-, Europa- und Verteidigungspolitik. Darüber hinaus soll die Bevölkerung beider Länder, vor allem die Jugend, durch Sprachunterricht und Brieffreundschaften miteinander in Austausch kommen.

Am 23. Januar eines jeden Jahres wird dieses Jahrhundert-Vertrags gedacht, und zu einem runden Geburtstag werden offizielle Feierlichkeiten veranstaltet, bei denen die wichtigsten Vertreter beider Länder anwesend sind. Im Januar 2023, zum 60. Geburtstag, findet der Festakt in Anwesenheit von Bundeskanzler Olaf Scholz und dem französischen Präsidenten Emmanuel Macron in der Pariser Universität Sorbonne statt.

Im Zuge einer Wahlkampfreise kommt Bundeskanzler Konrad Adenauer noch einmal nach Wetzlar – ein Besuch der vielen Personen aus unterschiedlichen Gründen in Erinnerung bleibt. Die Wetzlarer Neue Zeitung vom 24. Oktober 1958 berichtet:

Wetzlar. *Für drei Stunden unterbrach gestern Bundeskanzler Dr. Adenauer seine Wahlreise durch Hessen in Wetzlar (...). Bei seiner Ankunft vor den Leitz-Werken wurde Dr. Adenauer, den eine vieltausendköpfige Menge seit mehr als einer Stunde erwartet hatte mit freundlichem Beifall begrüßt. (...)*

Stürmischen Beifall erntete der Regierungschef, als er beim Verlassen des Verwaltungsgebäudes eine soeben erhaltene und an ihn gerichtete »Botschaft« der Quarta der Lotteschule über den Lautsprecher verlas und keine Sekunde zögerte, den Wunsch der Schülerinnen zu erfüllen.

Die Quartanerinnen waren zur Begrüßung des Bundeskanzlers einfach aus der Schule ausgebrochen. Den fälligen Tadel wollten sie aber nicht einstecken. Daher erbaten sie die Intervention des Kanzlers, der dies bereitwillig tat. Die Ausreißer sollten weder getadelt werden noch mit Nachsitzen bestraft werden. Auch Strafarbeiten sollten ihnen nicht auferlegt werden, vielmehr sollte man ihnen einige Freistunden gewähren, wünschte der Bundeskanzler und zeigte sich sehr erfreut über die Anwesenheit der vielen Jugendlichen. »Ich freue mich, dass ich euch, die Jugend, gesehen habe. Das hilft mir weiter!« Mit diesen launigen Worten verabschiedete sich Dr. Adenauer von der Menge, um sich im Gästehaus der Buderus'schen Eisenwerke ernsthafteren Problemen zuzuwenden.

Dem Wunsch des Bundeskanzlers wird nicht entsprochen. Empört über das Verhalten der Schülerinnen informiert der Leiter der Lotteschule, Direktor Schröder, die Eltern über das Geschehen und kündigt folgende Maßnahmen an: erstens Strafarbeiten in Latein und Religion, zweitens einen Klassentadel, drittens müssen die Delinquentinnen die versäumten Stunden in Deutsch, Latein und Religion am Donnerstag, dem 30. Oktober, nachsitzen, während die anderen Schüler den Film »Traumstraßen der Welt« anschauen dürfen.

Dr. Elsie Kühn-Leitz kann dieses Verhalten von Seiten der Schule nicht gutheißen. Als erstes lädt sie die Mädchen zu Kaffee, Kuchen und Gesprächen ins Haus Friedwart ein, dann veröffentlicht sie einen Leserbrief in der Wetzlarer Neuen Zeitung. Es ist anzunehmen, dass Frau Dr. Kühn-Leitz beim Verfassen dieses Leserbriefes an ihre eigene Erziehung und die Erfahrungen in der Freien Schulgemeinde Wickersdorf zurückgedacht hat. Ein Auszug:

Leider hat der so freudig erwartete Besuch des Bundeskanzlers in Wetzlar und der Wunsch der jungen Lotte-Schülerinnen der Quarta A, einmal in ihrem Leben den Kanzler zu sehen, durch die Einstellung der Lehrer unverständlich breite Wellen in der Presse geschlagen.

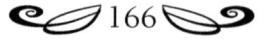

Vor allem die Haltung der Lehrer den Kindern gegenüber ist bedauerlich. Es muss noch einmal festgestellt werden, daß die Schülerinnen der Quarta A, die von den unteren Klassen gehört hatten, dass sie frei hätten, und den Kanzler bei seinem Besuch in den Leitz-Werken sehen wollten, ihre Vertrauenslehrerin, Fräulein Labitzky, gefragt hatten, ob sie auch hingehen dürften. Dies wurde abgelehnt. Hierauf entschied die ganze Klasse einstimmig, sich diese einmalige Gelegenheit nicht entgehen zu lassen, und lief zum Leitz-Werk, nachdem sie an die Tafel geschrieben hatte: »Wir sind bei Adenauer«. Um den Instanzenweg über die Schülervertretung zu gehen – wie es die Lehrer für korrekt befunden hätten – war keine Zeit mehr.

Wer diese jungen Kinder von 12 und 13 Jahren in ihrer natürlichen Frische und Begeisterung gesehen hat, dürfte wohl nicht davon sprechen, dass sie aus »Sensationslust« gehandelt haben.[...] Es dürfte ohne Zweifel feststehen, daß der Bundeskanzler Dr. Konrad Adenauer eine Persönlichkeit ist, deren historische Bedeutung in der ganzen Welt anerkannt und respektiert wird, wie etwa Albert Schweitzer und der verstorbene Papst Pius XII. Der Kanzler hat die Stellung der Bundesrepublik in der Welt nach dem Zusammenbruch maßgeblich beeinflußt und ist aus der Geschichte deshalb nicht mehr wegzudenken.

Es ist schade, daß die Lehrerschaft eine so einseitige, rein auf die Einhaltung der Schuldisziplin, ohne Verständnis auf das Einmalige und Besondere, ausgerichtete Stellung eingenommen hat.[...] Das ist bestimmt nicht der Weg, um Kinder zu guten Staatsbürgern und Demokraten zu erziehen ...

Dr. Elsie Kühn-Leitz[7]

Elsie fotografiert Albert Schweitzer während seines
Aufenthaltes im Haus Friedwart am 8./9. Oktober 1959

Im Oktober 1959 besucht der Urwald-Doktor auf Einladung von
Dr. Elsie Kühn-Leitz endlich Wetzlar. Manfred Weber, ein Wetzlarer
Zeitzeuge und damals Schüler der 8. Klasse der »Albert Schweitzer
Schule«, kann sich noch gut an den berühmten Gast erinnern:

Am 8. Oktober morgens besuchte Albert Schweitzer mit Frau Dr.
Kühn-Leitz als erstes den Dom und fuhr anschließend nach Büblings-
hausen zu der nach ihm benannten »Albert Schweitzer Schule«. Hier
erwarteten ihn auf dem Schulhof schon Schüler, Lehrer, Eltern, sowie
Vertreter der Stadt und des Kreises. Direktor Herbert Flender begrüßte
den Besuch mit bewegenden Worten: »Ein ganzes Leben lang werden
die Kinder sich dieser Stunde erinnern, und sie werden sich nun erst
recht bemühen, in seinem Sinne gut zu ihren Mitmenschen und zu
allem Lebendigen zu sein.«

Anschließend wandte sich Albert Schweitzer persönlich an die Schüler und sagte, er freue sich, dass es diese Schule gebe, deren Besonderheit es sei, Liebe zu wecken zu aller Kreatur und zu dem zu erziehen, was den Menschen erst wirklich zum Menschen mache.

Wörtlich sagte er: »*Macht, dass Eure Herzen wach und bereit sind, damit in Eurem ganzen Leben, das Herz mit Eurem Verstande übereinstimmt und versucht den Weg, der ins Licht führt – wo doch heute so viel Dunkel ist – zu finden.*«

Dann gab es für die Kinder kein Halten mehr. Sie stürmten auf ihn zu, gaben ihm die Hand und wollten ihm ihre selbst gepflückten Blumensträuße überreichen. Manche gaben ihm auch ein Versprechen und ein Mädchen trug ein Gedicht vor. Albert Schweitzer nahm jedoch nur ein einziges Sträußchen entgegen, denn er selbst brach aus Ehrfurcht vor dem Leben keine Blumen. Er bat darum, dass die übrigen Sträußchen ins Krankenhaus gebracht würden.

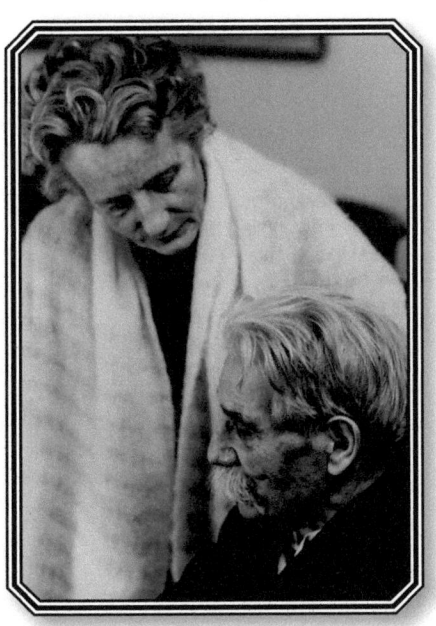

Diese Reise ist Albert Schweitzers letzte Europareise.
Von nun an wird er in Afrika bleiben.

IX.
Elsie Kühn-Leitz

DIE AFRIKA-REISENDE UND IHR WELTBILD

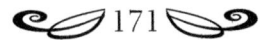

Schon seit 1952 ist Elsie Kühn-Leitz mit Albert Schweitzer befreundet, doch erst im Juni 1959 macht sie sich auf den Weg nach Lambarene in Afrika. Der Flug mit einer viermotorigen Air France Maschine führt über Paris nach Nizza, von dort aus nonstop bis Duala/Kamerun und schließlich mit einer zweimotorigen Maschine weiter nach Libreville/Gabun. Eine Piroge, ein Einbaumboot, das von vier Leprakranken gerudert wird, gleitet eine Stunde lang den Ogowe-Fluss hinauf. Dr. Schweitzer und zwei seiner getreuen Assistentinnen, Mathilde Kottmann und Ali Silver, warten schon am Uferstrand, denn die Buschtrommeln haben die Fahrt begleitet und den Gast angekündigt.

Hospital Gabun 1972
Zeichnung von Fritz Bechtle

Und so präsentiert sich das weltberühmte Urwaldhospital zu diesem Zeitpunkt: Der Komplex des Hospitals besteht aus etwa fünfzig Holzbaracken, die auf Zementfundamente gesetzt sind. Statt Glasscheiben sind die Fenster mit engmaschigen Drahtnetzen versehen. Alle Bauten sind von Albert Schweitzer und seinen schwarzen Hilfskräften im Laufe der letzten dreißig Jahre selbst gebaut worden. Auf einem Hügel, etwa zwanzig Minuten vom Hospital entfernt, liegt das Dorf der Leprakranken. Es besteht aus fünfundzwanzig Holz- und Wellblechbaracken für 200 Kranke. Die Baumaterialien wurden mit dem Geld, das Albert Schweitzer 1952 in Oslo bei der Verleihung des Nobelpreises erhielt, gekauft.

In dem gesamten Hospital befinden sich etwa 600 Personen (Patienten einschließlich ihrer Familien). Dr. Schweitzer hat bei seiner Behandlung das Prinzip, das Umweltmilieu der Einheimischen im Hospital möglichst zu erhalten, damit sie sich leichter eingewöhnen und bei der Rückkehr ins Dorf keine seelische oder körperliche Schockwirkung eintritt. Daher bietet sich dem Europäer ein recht befremdliches Bild.

Die Kranken kommen mit ihren Familien direkt aus dem Urwald, wo sie in kleinen Siedlungen leben. Wenn der Mann krank ist, bleibt die Frau somit nicht allein und umgekehrt, denn die Entfernungen sind so ungeheuer groß und der Familiensinn so stark, dass man beieinander bleibt. Daher erscheint die Familie mit all ihren Habseligkeiten, u. a. auch mit dem eigenen Kochgeschirr, bei Albert Schweitzer. Draußen vor der jeweiligen Baracke ist die Kochstelle, und die Dämpfe von Maniok und Kochbananen dringen bis zu den Leidenden. Neben dem Bett der schwer Operierten liegt der Ehemann mit oder ohne Kind auf der Erde; die Kranke ist nicht allein.[1] In einem Brief an Bundeskanzler Adenauer schildert Dr. Elsie Kühn-Leitz ungeschönt ihren ersten Besuch bei Albert Schweitzer in Lambarene:

Seit 4 Tagen bin ich im Belgischen Kongo. Es fiel mir nicht schwer, von Albert Schweitzer und dem ach so primitiven Hospital Abschied zu nehmen. Jeden Tag musste ich mich über vieles entsetzen. Die Inhalte der Privatgespräche mit Albert Schweitzer habe ich mir hinterher aufgeschrieben.[...] Für ein Eintreten für die Hierarchie der Werte war er nicht zu bewegen, da ihm die Tiere ebenso nahe stehen wie die Menschen, ja in Lambarene noch einen größeren und bevorzugteren Schutz genießen als die Menschen. Dies rügte ich auch Albert Schweitzer gegenüber. Doch steht er auf dem philosophischen Standpunkt, es sei eine reine subjektive Einstellung von uns Menschen anzunehmen, wir Menschen seien in der Schöpfung mehr wert als die Tiere. Seine Ehrfurcht vor dem Leben gebiete ihm, keinen Rangunterschied zwischen Menschen und Tieren zu machen ...[2]

Der Doktor und das liebe Vieh

Wie schon im Brief an Bundeskanzler Adenauer erwähnt, handelt Albert Schweitzer getreu seinem Leitgedanken »Ehrfurcht vor dem Leben« und daraus folgt eine besondere Liebe und Fürsorge, die allen Tieren im Hospital zuteil wird. Jeder liebe Gast wird zuerst mit den Tieren bekannt gemacht und kann dabei nur staunen. Elsie berichtet:

An Nutztieren leben in Lambarene etwa hundertfünfzig Ziegen und fünfzig Hühner, die durch das ganze Hospitalgelände laufen, hinzu kommen zahlreiche kranke und gesunde Hunde. Außer diesen bekannten Haustieren hat man im Hospital auch eine Reihe seltener afrikanischer Kleintiere, die wie Haustiere aufgezogen und betreut werden.

In einem Gitterstall unter dem Fenster des Arbeitszimmers hält Dr. Schweitzer einen Pelikan. Pelikane werden gerne von den Eingeborenen gefangen und geschlachtet, bei dem »grand docteur« erhalten sie jedoch wohlklingende Namen wie »Parzival« oder »Lohengrin« und werden mit Fisch gefüttert. Auch Antilopen sind Lieblingstiere des Doktors; sie befinden sich in einem Freigehege an der Seite seines Arbeitszimmers, so dass er sie immer im Blick haben kann; sie hören auf Namen wie »Mimi« und »Esmeralda«. Mit ins Haus darf jedoch der wunderschöne Papagei »Cou-de-Cou«. Tagsüber sitzt er in einem Käfig vor des Doktors Veranda, abends gegen halb neun Uhr bringt ihn Mademoiselle Mathilde auf einem Holzstab von draußen herein. Er schläft nachts in des Doktors Zimmer, dessen Bett gegenüber, in einem Käfig. Man kommuniziert mit Klopfzeichen.[...] Das Verhältnis des Doktors zu allen Tieren, seine Bereitschaft, ihnen zu helfen, und die Anhänglichkeit, die diese ihm entgegenbringen, hat mich sehr beeindruckt. Ich habe dies als etwas Großes und Rührendes empfunden: In ihrem Urinstinkt, ihrem Schutzbedürfnis spürt die Kreatur die Liebe zu allem Lebendigen, die von dem Doktor ausströmt, und fühlt sich wie magisch angezogen.[3]

Elsie besucht Lambarene wiederholt und schildert bei ihren zahlreichen Vorträgen gerne das Leben in diesem Zipfel Afrikas.

Ein Tag im Urwaldhospital

Der Tageslauf im Hospital fängt für jedermann morgens um 6.30 Uhr an. Dr. Schweitzer beginnt seinen Tag mit Übungen auf dem Pedalklavier. Sein Spiel bezeichnet er als »Morgengymnastik«, die mit Chorälen und Orgelwerken von Bach ausklingt. Um 7.30 Uhr treffen sich alle Weißen zum gemeinsamen Frühstück im Speisesaal; man erhält Kaffee, Weißbrot, das selbst gebacken ist, und Marmelade aus Papaya, Orangen oder Pampelmusen.

Um 8 Uhr und um 14 Uhr findet täglich ein großer Appell auf dem Dorfplatz statt, bei dem alle Schwarzen für die Arbeit eingeteilt werden. Alle Kranken, die dazu in der Lage sind, müssen im Hospital für die Gemeinschaft arbeiten. Die laufenden notwendigen Erweiterungen

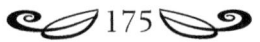

erfordern ständige Bauarbeitstruppen. Auch für Gemüsearbeiten werden die Schwarzen eingeteilt, und dafür wählt man ausschließlich Leprakranke, die schon lange im Hospital behandelt werden, und bei denen keine Ansteckungsgefahr mehr besteht, Der ganze Stolz des Doktors ist seine selbst angelegte Obstplantage, die auch ständige Betreuung erfordert. Fast das ganze Jahr über gedeihen hier Zitronen, Orangen, Pampelmusen und Avocado-Früchte.

Kräftige Männer braucht man auch zum Ausladen der Lastkähne, die am Landeplatz des Hospitals mit Bauholz, Ölfässern, Lebensmitteln, Medikamenten usw. ankommen. Eine wichtige Aufgabe ist auch das Fällen der Urwaldriesen, denn man braucht Platz für Neubauten und die Wege. Bei allen Arbeiten, wo Gefahr für Menschen und Material besteht, wo besondere Exaktheit und Erfahrung erforderlich ist, bleibt Albert Schweitzer von früh bis spät dabei.

Umfangreiche Küchenarbeiten sind für die Bereitung der Mahlzeiten der Hospitalangestellten und der weißen Kranken zu verrichten, bei den Schwarzen kocht jede Familie im eigenen Kessel für sich.

Das Mittagessen für Dr. Schweitzer, seinen Stab und die stets vorhandenen Gäste ist für die Zeit von 12.30 Uhr bis 14 Uhr festgelegt. Es besteht hauptsächlich aus Gemüse, Reis oder Teigwaren und Obst.

Neben all den notwendigen Arbeiten läuft natürlich das Wichtigste, das eigentliche Spitalleben, das von fünf europäischen Ärzten mit ihren Helfern allein bewältigt werden muss. Zum Glück hat Albert Schweitzer seit einigen Jahren einen sehr gut ausgestatteten Operationssaal, dessen gesamte Einrichtung vom Fürsten Rainier von Monaco gestiftet worden ist. Nur Strom gibt es nicht immer.

Um 19.30 Uhr beginnt das Abendessen; beim Licht der Petroleumlampen sitzt man am langen Tisch zusammen. Doktor Schweitzer spricht das Tischgebet und erzählt während des Essens oft aus seinem Leben. Nach dem Vaterunser setzt er sich ans Klavier, improvisiert zuerst und dann singt man zusammen zwei aus dem elsässischen Kirchengesangsbuch ausgewählte Lieder.

 176

Erst dann kann Le Grand Docteur sich seiner umfangreichen Korrespondenz widmen.[4]

Sonntags-Gottesdienst

Der Sonntag ist auch im Spital ein Ruhetag. Das Aufstehen und das Frühstück sind eine halbe Stunde später als sonst. Ohne den üblichen Appell breitet sich eine feiertägliche Stille über dem Dorfplatz aus. Die Weißen erscheinen schon morgens in blütenweißen Tropenkleidern, die Schwarzen in buntem, kleidsamen Sonntagsstaat. Um 10 Uhr wird im Freien, vor der Behandlungsbaracke, ein protestantischer Gottesdienst abgehalten, an dem Weiße und Schwarze gemeinsam teilnehmen. Seit einigen Jahren führt Dr. Schweitzer nicht mehr den Gottesdienst selbst durch, sondern hat diese Aufgabe einem Arzt oder einer langjährigen Helferin übertragen. Es wird französisch gepredigt und französisch gesungen. rechts und links vom Prediger stehen schwarze Übersetzer, die nach jedem Absatz das Vorgetragene in die Eingeborenensprachen, das »Fang« und das »Gaoleao« übersetzen. Auf den Hospitaltreppen und den Balustraden kauern und hocken die Eingeborenen bunt und malerisch, wobei die Mütter ungeniert ihre Kinder stillen. Alles lauscht andächtig dem Gottesdienst. Dazwischen laufen Hühner, Ziegen und Hunde ungehindert herum.[5]

TREFFEN MIT EINEM WELTENBUMMLER

Schon bei ihrem ersten Besuch in Lambarene begegnet Elsie Kühn-Leitz einem äußerst interessanten Deutschen, Siegfried Neukirch. Neukirch wurde am 10. Mai 1930 in Freiburg im Breisgau geboren. Er wächst in einem bürgerlichen Zuhause auf, der Vater leitet das Antiquariat der Universitätsbuchhandlung und die Mutter ist gelernte Krankenschwester. Während der Junge das städtische Gymnasium besucht, hört er im Deutschunterricht von Albert Schweitzer,

einem Mann, der seine glänzende Karriere in Europa – vor allem auch sein Orgelspiel – aufgegeben hat, um den leidenden Menschen in Afrika zu helfen. Seitdem träumt der jugendliche Siegfried davon, eines Tages in Lambarene dem Urwalddoktor zu helfen, er weiß aber auch, dass er zuerst etwas lernen und Geld verdienen muss. Wie er das bewerkstelligt, beschreibt er in seinem spannenden Buch »Mein Weg zu Albert Schweitzer – Mit dem Rad über Nord-, Mittel- und Südamerika nach Afrika und Rückkehr nach Europa.«

Am 27. Januar 1959 erreicht Siegfried Lambarene und wird schnell zu einer großen Hilfe für Albert Schweitzer.

Er lebt und arbeitet schon ein halbes Jahr auf der Urwaldstation, als Dr. Elsie Kühn-Leitz ankommt. Beide Menschen haben Sendungsbewusstsein, und sie verstehen und respektieren sich deshalb. So berichtet Siegfried Neukirch in seiner Autobiografie:[6]

Ich war noch nicht lange in Lambarene, da besuchte Frau Kühn-Leitz Albert Schweitzer. Zwischen beiden bestand schon eine langjährige Freundschaft und ebenso ein gemeinsames Interesse am Wohl und der Zukunft Afrikas. Die bevorstehende Unabhängigkeit der damaligen Kolonien Kongo-Léopoldville (belgisch) und Kongo-Brazzaville (französisch) stand zu jener Zeit im Mittelpunkt der politischen Geschehnisse in Äquatorialafrika, und viele bangten um einen friedlichen Übergang zur Selbständigkeit. Doch während Elsie Kühn-Leitz in Lambarene von ihren friedenspolitischen Gedanken ganz erfüllt war, sah sie gleichzeitig die Not des täglichen Lebens um sich herum und zeigte die Bereitschaft und den Wunsch zu helfen, praktisch mitzuarbeiten, wo sie gebraucht wurde,

Für Besucher auf kurze Zeit war es nicht leicht, sich von einem Tag auf den anderen in den Spitalbetrieb hineinzufinden. Für die einfachen Arbeiten waren gewöhnlich genügend schwarze Hände da, während für spezielle Tätigkeiten meistens Vorkenntnisse und Erfahrung notwendig waren. Sie aber war nicht der Mensch, mit Geduld zu warten, bis etwas Passendes gefunden wäre. Ohne weitere Frage holte sie sich kurzerhand die verschmutzten und schlecht angezogenen Kinder aus dem

Spitalgelände in ihr Zimmer, darunter auch Kinder aus dem Lepradorf, wusch sie in ihrer eigenen Waschschüssel und kleidete sie in neue Kleider, die sie vorher in Lambarene-Stadt gekauft hatte. Dieser stille Beweis der Liebe zu den Menschen, dieser Mut, der schon an Leichtsinn grenzte, was das Waschen der Kinder aus dem Lepradorf betrifft, beeindruckte mich tief. Wir wurden Freunde.

Am Tag des Abschieds bat mich Herr Schweitzer, sie zum Flugplatz zu bringen. Während der Fahrt auf dem Ogowe im Ruderboot mit sieben Rudern fragte sie mich noch dies und jenes, und auch, was für Sport wir jungen Leute trieben. Meine Antwort war kurz: Keinen. Warum? Nun, wenn wir Herrn Schweitzer fragten, so sagte er immer. »Wenn ihr nicht genug Arbeit habt und noch mehr tun wollt, so gebe ich euch mehr.« Ich erzählte der Abreisenden natürlich, wie gerne ich Tennis spielte, aber dass wir in Lambarene zu viel Arbeit hätten und an Tennis nicht zu denken sei.

Sie fragte auch nach unseren musikalischen Interessen und Möglichkeiten Musik zu hören. Bald waren wir am Flughafen angekommen, und sie flog ihrem nächsten Ziel entgegen: Léopoldville, Belgisch Kongo, heute Kinshasa, Hauptstadt von Zaire, wo sie sich mit Tschombé traf, dem damaligen Regierungschef der Provinz Katanga.

Etwa zwei Wochen danach kam ein Telegramm von ihr aus Johannesburg, mit der Bitte, mich an einem bestimmten Tag am Flughafen Lambarene einzufinden. Das Flugzeug landete, die Flugzeugtür ging auf, Elsie Kühn-Leitz erschien in der Tür bepackt mit einem Tennisschläger, zwei Schachteln und einem schweren Köfferchen, das sich alsbald als ein Plattenspieler entpuppte. Sie überreichte mir den Tennisschläger, Tennisschuhe, Tennisbälle, den Plattenspieler und Schallplatten und ihre alte Leica, die aus den Leitz-Werken stammte und dank derer ich fast sieben Jahre lang Bilder als Dokumentation für das Spital machen konnte.

Ja, und der Plattenspieler ermöglichte es mir, von jetzt an jeden Samstagabend ein kleines Abendkonzert für alle im Eßsaal zu geben.

Und weil infolge der hohen Luftfeuchtigkeit alle empfindlichen Apparate rosten und auch bald nicht mehr funktionieren, schenkte uns Elsie Kühn-Leitz fast jedes Jahr einen neuen Apparat, denn Reparaturen, verbunden mit dem Zurückschicken nach Europa waren teurer als ein neues Gerät.

HILFE FÜR LAMBARENE

Elsie Kühn-Leitz ist in ihren eigenen Ansprüchen sehr bescheiden, aber sie setzt sich mit aller Kraft und allen ihr zur Verfügung stehenden Mitteln für Notleidende ein. Nachdem sie das Leben in Lambarene kennengelernt und viele notwendige Sachen dorthin gesandt hat, erkennt sie, dass die Kraft eines Einzelnen nicht ausreicht, um die Not in Schweitzers Urwaldhospital zu lindern und das Leben für Schwarze und Weiße dort wesentlich zu erleichtern. Sie richtet deshalb einen Hilferuf an alle Menschen, die Albert Schweitzer bei seiner aufopfernden Tätigkeit unterstützen wollen.

Woran mangelt es nun in Lambarene besonders?

Es fehlt so ungefähr an allem, ich zähle nur einiges Wichtige auf:
Für den Saal der Frischoperierten: Schaumgummimatratzen, Bettwäsche (auch aus Kunststoff), Moskitonetze, Bettpfannen, Waschschüsseln, Decken, Waschmittel. Man braucht für die Eingeborenen Kleidung. Für die Männer am besten Khakihosen nebst Gürtel, Hemden, Sweater und Wolljacken, für die Frauen Stoffe oder Kleider in verschiedenen Größen, Arbeitskittel und Schürzen. Auch für gebrauchte Kleidungsstücke herrscht in Lambarene Bedarf. Für die Kinder, einschließlich der Säuglinge, braucht man Höschen, Hemdchen, Sweater, Kleidchen verschiedener Größen, ebenfalls Spielzeug, Bilderbücher und einfache Lege- oder Beschäftigungsspiele aller Art, da ja keine Schule im Hospital ist.

Für alle Altersgruppen, aber ganz besonders für die über zweihundert Leprösen, sind Schuhe erforderlich. Das Schuhwerk muss am besten aus Segeltuch oder Leinen bestehen und Werkstoffsohlen haben.- Es fehlt auch an Seifen, Schwämmen, Hautölen, dunklen Frottiertüchern, Kopftüchern, Sonnenbrillen, Schutzhüllen für Kleider aus Plastik oder Kunststoffen; letzteres Material hat sich im subtropischen Klima am besten bewährt.

Für die Ernährung der Patienten sind Fette und Öle in Dosen, Milchpulver, Reis, Fischkonserven und Fleisch, ebenfalls Sirup und Zucker, in geschlossenen Dosen, sehr erwünscht.

Das einzige, was Dr. Schweitzer zumeist reichlich hat, sind Medikamente, die ihm von großen amerikanischen, deutschen und italienischen Firmen gestiftet werden. Jedoch fehlt noch immer ein wirksames Mittel gegen Hakenwürmer.

Für Geldspenden besteht ein Postscheckkonto 45237 Stuttgart (Freundeskreis von Albert Schweitzer), während alle Sachspenden, die für das Urwaldhospital von Nutzen sein könnten, an folgende Adresse gesendet werden können:

Lambarene-Hilfe

Haus Friedwart

Wetzlar

Die Spenden werden dann seefest und tropensicher verpackt und spesenfrei direkt an die zuständigen Mitarbeiter Albert Schweitzers in Lambarene versandt.

Im Vertrauen auf die Opferbereitschaft der Leser dieses Artikels hoffe ich, mit meiner Hilfsaktion Erfolg zu haben und Dr. Schweitzer die dringend notwendige Unterstützung vermitteln zu können.[7]

Um ihr Anliegen in weiten Kreisen bekannt zu machen, hält Dr. Elsie Kühn-Leitz zudem unzählige Vorträge mit Lichtbildern und Filmen in Schulen, Vereinen und bei privaten Veranstaltungen. Sie arbeitet unentwegt, und in Wetzlar wundert man sich nicht mehr

darüber, dass das Licht in ihrem Büro in Haus Friedwart bis spät in die Nacht leuchtet.

UNTERWEGS IM NAMEN DER MENSCHLICHKEIT

Während des Aufenthalts in Lambarene ist bei Dr. Elsie Kühn-Leitz das Interesse für den afrikanischen Kontinent erwacht, und sie möchte mehr über die Länder und ihre Menschen erfahren.

Es ist eine besonders spannende Zeit, denn in Afrika beginnt eine Zeitenwende. Das Jahr 1960 geht in die Geschichte als das AFRIKA-JAHR ein, denn 18 Kolonien (14 französische, zwei britische, je eine belgische und italienische) erlangen die Unabhängigkeit von ihren Kolonialmächten.

1. am 1. Januar Kamerun von Frankreich
2. am 27. April Togo von Frankreich
3. am 26. Juni Madagaskar von Frankreich
4. am 26. Juni Britisch-Somaliland von Großbritannien
5. am 30. Juni die Demokr. Republik Kongo von Belgien
6. am 1. Juli Italienisch-Somaliland von Italien
7. am 1. August die Republik Dahomey von Frankreich (heute Benin)
8. am 3. August Niger von Frankreich
9. am 5. August Obervolta von Frankreich (heute Burkina Faso)
10. am 7. August Elfenbeinküste von Frankreich (heute offiziell Côte D'Ivoire)
11. am 11. August Tschad von Frankreich
12. am 13. August Die Zentralafrikanische Republik von Frankreich
13. am 15. August die Republik Kongo von Frankreich
14. am 17. August Gabun von Frankreich
15. am 20. August der Senegal von Frankreich
16. am 22. September Mali von Frankreich
17. am 1. Oktober Nigeria von Großbritannien
18. am 28. November Mauretanien von Frankreich.

Zusammen mit ihrer Tochter Cornelia begibt sich Elsie Kühn-Leitz auf eine lange Reise, denn sie möchte erkunden, wie sich das Leben in den unabhängigen Kolonien gestaltet. Die Damen besuchen von Januar bis Mai 1964 Kongo-Léopoldville, Kongo-Brazzaville, Gabun, Kamerun, fliegen dann zurück in den Kongo und besuchen die Provinzen Bakongo, Kasai, Katanga und Kivu. Anschließend reisen sie in das Königreich Burundi, sowie in die Länder Uganda, Kenya, Tanganjika, Äthiopien und Ägypten. Während dieser Reisestationen besichtigen sie unzählige Krankenhäuser, Universitäten, Schulen, Dörfer, kehren bei Familien ein und lernen die wichtigsten Führer

der Stämme und Politiker kennen. Alle Erfahrungen und Erkenntnisse hält Elsie schriftlich fest, und entwickelt aus dieser Bestandsaufnahme einen Handlungsvorschlag, den sie den jeweils zuständigen Stellen unterbreitet. Priorität hat für sie stets ihr Einsatz in humanitärem Sinn für die Bevölkerung der Gebiete, die durch Rebellion und Krieg am meisten gelitten haben.

Eine ihrer ersten Stationen ist der Kongo.

PATRICE É. LUMUMBA

*I*n einer ihrer ersten Stationen, dem Kongo, erneuert Dr. Kühn-Leitz ihre Bekanntschaft mit Patrice É. Lumumba, dem Vorkämpfer der afrikanischen Unabhängigkeitsbewegung. Im Jahre 1958 hatte sich die Partei *Mouvement National Congolais-Lumumba* (MNC-L) gegründet, die sich als einzige Partei des Kongo in allen Landesteilen verankern konnte. Patrice É. Lumumba nahm dort eine führende Position ein. Als Wortführer der Unabhängigkeitsbewegung wurde er am 28. Oktober 1959 wegen Anstiftung zum Aufruhr verhaftet und gefoltert. Am 25. Januar 1960 holte man den Politiker aus seiner Gefängniszelle und brachte ihn mit dem Flugzeug direkt nach Brüssel, wo am »Runden Tisch« die erste Kongo-Konferenz stattfand. Hier suchte man nach Lösungen, wie der Kongo auf friedliche Art und Weise aus der belgischen Kolonialherrschaft heraus in die Unabhängigkeit geführt werden könnte.

Im Anschluss an die Konferenz reisten Patrice É. Lumumba und zwei Führungskader des MNC-L auf Einladung von Elsie Kühn-Leitz nach Wetzlar. Im Haus Friedwart wurden die Kongolesen mit Vertretern der westdeutschen Wirtschaft und des westdeutschen Staates in Kontakt gebracht. Als Gegenleistung für etwaige Hilfen bei den anstehenden Wahlen zum National- und den Regionalparlamenten gab Lumumba die schriftliche Zusage, den MNC-L politisch an den Westen zu binden.

Foto aus dem Archiv der Ernst-Leitz-Stiftung

Patrice É. Lumumba wurde zum Präsidenten gewählt, und zu den Unabhängigkeitsfeierlichkeiten am 30. Juni 1960 lud er Dr. Elsie Kühn-Leitz und ihren Sohn Knut Kühn-Leitz ein.

Über Lambarene, wo sie Albert Schweitzer einen kurzen Besuch abstatteten, reisten sie nach Léopoldville. Bei der Feier kam es in ihrem Beisein zu einem Eklat: Während König Baudouin die angeblichen Errungenschaften unter belgischer Herrschaft lobte, kritisierte Lumumba mit scharfen Worten die Unterdrückung und die Ausbeutung seines Volkes und des Landes durch die Belgier. Diese klare Haltung sollte ihn später das Leben kosten. Noch im selben Jahr stürzte ihn der spätere Diktator Joseph Mobutu mit Hilfe der CIA. Lumumba wurde zuerst in der kongolesischen Hauptstadt Léopoldville ins Gefängnis gesperrt und dann im Januar 1961 von belgischen Offizieren in die abtrünnige Provinz Katanga gebracht, wo er wieder inhaftiert und gefoltert wurde. Im Beisein belgischer Offiziere und Beamter ermordete ihn ein Erschießungskommando am

17. Januar 1961. Es heißt, seine Leiche sei zerstückelt und in Schwefelsäure aufgelöst worden.

In der Folge wurde Patrice É. Lumumba zu einem politischen Mythos und zum Vorkämpfer der afrikanischen Freiheitsbewegung. Als charismatischer Anführer und Opfer im Kampf um die Freiheit des Kongo von der kolonialen Herrschaft ist er zu einer Symbolfigur des antiimperialistischen Kampfes in Afrika geworden. Von 1961 an bis heute gedenkt man seiner auf vielfältige Weise mit Skulpturen, Denkmälern und Namensgebungen.

Jean Paul Sartre sagt in «La Pensée politique de patrice Lumumba»: »*Mort, Lumumba cesse d'être une personne pour devenir l'Afrique toute entière [...]*« – »*Seit Lumumba tot ist, hört er auf eine Person zu sein. Er wird zu ganz Afrika.*«

Der Tod des Urwalddoktors

Mit fortschreitendem Alter beginnt Albert Schweitzer an sein Ende zu denken. Am 14. Januar 1965, seinem 90. Geburtstag, dankt er in bewegten Worten allen Freunden und Mitarbeitern, die ihn und sein Werk in mehr als 50 Jahren unterstützt haben. Im März gibt er Instruktionen für die zukünftige Direktion des Hospitals, und im August entscheidet er, dass seine Tochter Rhena die Gesamtleitung übernehmen soll. Am 4. September 1965 um 23.30 Uhr hört das Herz dieses einmaligen Mannes auf zu schlagen.

Albert Schweitzer wird neben seiner Frau Helene und Emma Hausknecht, seiner getreuen Mitarbeiterin, nahe seinem Haus, unter Palmen, beigesetzt. Für beide Frauen hatte er die Kreuze selbst geschnitzt und beim dritten hatte er gesagt:»Dieses schnitze ich für mich.« Viele Hunderte kamen zur Trauerfeier, darunter offizielle Persönlichkeiten des Gabun und Gäste von weither, denen sich die Eingeborenen anschlossen. In ihrer Trauer gaben sie ein rührendes Zeugnis von Anhänglichkeit, Liebe und Dankbarkeit an ihren »Grand Docteur«.

Wie er es gewünscht hat, bleibt Albert Schweitzer für immer mit Afrika verbunden.[8]

Dr. Elsie Kühn-Leitz nimmt mit einem Nachruf Abschied, in dem sie schreibt:

Es dürfte in unserer spezialisierten Welt einmalig sein, daß ein einziger Mensch in sich so viele Berufe vereinigt, wie es Albert Schweitzer getan hat; war er doch nicht nur aufgrund seiner Studien Theologe und Seelsorger, praktischer Arzt auf allen Gebieten, Philosoph und Schriftsteller, Organist und Spezialist für alte Orgeln, Musikschriftsteller, Architekt und Baumeister während 52 Jahren in seinem Urwald-Hospital; sogar als Gärtner war er tätig! Jede Pflanze, jeder Baum, jedes Tier war ihm bekannt, alle genossen seine Fürsorge.[9]

Beim Präsidenten Mobutu
In der «République Démocratique du Congo»[10]
am 25. Juli 1966

Auf ihrer vier-monatigen Afrika-Reise kommen Elsie-Kühn Leitz und ihre Tochter Cornelia auch in den Kongo, wo General Joseph Désiré Mobutu zu diesem Zeitpunkt an der Macht ist.

Sese Seco Mobutu, sein Name bedeutet *Krieger, der von Eroberung zu Eroberung schreitet, ohne Angst zu haben,* empfängt Elsie Kühn-Leitz und ihre Tochter Cornelia in seiner Residenz am Kongo-Ufer in Kinshasa zu einer Privataudienz. Der Präsident ist noch recht jung, erst 35 Jahre alt. Er hat zwar eine journalistische Ausbildung genossen, war aber im Wesentlichen für das Militär tätig. Obwohl er schon mit dem Sturz von Patrice É. Lumumba an die Macht kam, fehlen ihm nach Einschätzung von Frau Kühn-Leitz ein Gesamtüberblick und entscheidende Kenntnisse in Verwaltungs-, Wirtschafts- und Rechtsfragen. Nach ihren intensiven Gesprächen mit dem deutschen Botschafter, dem Direktor der Lovanium-Universität, einem kongolesischen Bischof, sogenannten weißen Vätern und vielen Belgiern hat sie sich einen guten Überblick geschaffen über die herrschenden Zustände und Missstände im Lande und wie üblich schon Vorschläge zur Besserung parat.

Cornelia schildert die Begegnung bei Mobutu:

Ich durfte meine Mutter begleiten. Wir passierten mehrere Militärkontrollen. Im Palast war es höchst elegant: Diener in weißen Handschuhen führten uns in einen Salon, wo man uns frische Getränke anbot. Dann bat man uns eine Treppe höher auf die Terrasse, wo uns Mobutu entgegenkam. Freundlich lächelnd begrüßte er uns, und bat uns an einem Tisch mit drei Stühlen Platz zu nehmen.

Er fragte uns nach unserem Woher und Wohin und meine Mutter erzählte, wie sie durch ihre Freundschaft mit Albert Schweitzer ihre Liebe zu Afrika entdeckt hätte.

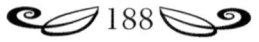

Auf seine Frage, wie uns Kinshasa gefiele, berichtete sie direkt, was ihr in den wenigen Tagen ihres Aufenthaltes zu Ohren gekommen war. Sie begann Mobutu die Leviten zu lesen. Da seien unschuldige Europäer seit Monaten im Gefängnis in Mukkale, da hätte man einen schwarzen Priester absichtlich durch einen fingierten Unfall getötet, einem Bischof hätte man die Fußnägel ausgerissen, gute belgische Universitätsprofessoren, die seit Jahrzehnten im Kongo lebten, müssten plötzlich den Kongo verlassen. Die Kinder in den Straßen würden anfangen zu betteln, was sie früher nie getan hätten, etc. etc.. Der schöne Kongo würde sich in ein finsteres Mittelalter verwandeln.

Als Freundin von Albert Schweitzer würde sie sich bis an ihr Lebensende für die Menschenrechte einsetzen und furchtlos sagen, was sie denke und auch ihm, dem Präsidenten, der diese Zustände ändern könnte. War Mobutus Gesichtsausdruck anfangs noch freundlich, so konnte er doch bald seine Nervosität nicht mehr verbergen. Seine goldberingten Finger trommelten auf die Glasplatte des Tisches.

Wer hätte es sonst wohl gewagt, ihn mit solchen Wahrheiten zu konfrontieren. Ich wurde unruhig. Würden wir noch aus dem Palast herauskommen? Mehrfach versuchte ich durch Zeichen unter dem Tisch ihren Redefluss zu stoppen, doch vergeblich. Mobutu gab deutlich meiner Mutter zu verstehen, dass sie sich in fremde Angelegenheiten nicht einmischen solle und dass sie die Dinge falsch sehe.

Die Unterredung dauerte eine gute Stunde, mir schien die Zeit wie eine Ewigkeit.

Wir kamen wohl aus dem Palast und waren tags darauf erneut zu einem Empfang des Präsidenten geladen. Dabei stellte sich heraus, dass Mobutu möglicherweise nicht nachhaltig verärgert war, sondern eher von dem offenen Gespräch beeindruckt gewesen sein mochte. Er schickte nämlich einen Bediensteten an unseren Tisch, der mir mitteilte, der Präsident wünschte mit mir zu tanzen. Damit hatte ich natürlich nicht gerechnet, aber natürlich folgte ich ihm.

Später, nach unserer Rückkehr im Herbst 1966, wurde meiner Mutter mitgeteilt, dass sie in Zaire nicht mehr erwünscht sei. Es war ihre letzte Reise in den Kongo.[11]

Die Entstehung des Staates Biafra
Eine Katastrophe in Nigeria

Als Elsie Kühn-Leitz von dem Bürgerkrieg in Nigeria erfährt, richtet sie sich mit einem »Appell im Namen der Menschlichkeit« an die Öffentlichkeit. Mit diesem Appell ruft sie zum Frieden im Bürgerkrieg zwischen Nigeria und der abgefallenen nigerianischen Ost-Provinz Biafra auf. Daneben wendet sie sich in zahlreichen Briefen an viele Persönlichkeiten im In- und Ausland, u. a. auch an die evangelischen Bischöfe Scharf und Lilje. Ihre Informationen beruhen auf Berichten des früheren Premierministers der Ostregion, des Ibo-Führers Dr. med. Okpara, den sie schon längere Zeit kennt, und der schon mehrfach Wetzlar besuchte. Dieser persönliche Aufruf erfolgt aufgrund der derzeitigen Regierungsposition in Deutschland, denn im Konflikt zwischen dem völkerrechtlichen Grundsatz der Nichteinmischung in die inneren Angelegenheiten Nigerias und der wachsenden internationalen Bedeutung der Menschenrechte entschieden sich die Regierungen des Westens für die Nichteinmischung. Das Auswärtige Amt in Bonn kritisierte daher die Aktion und ließ einen Vertreter der Behörde an Frau Dr. Elsie Kühn-Leitz schreiben:

»... Die von Ihnen und Okpara gegebene Darstellung ist so einseitig, daß sie den unbefangenen Leser in die Irre führen muss. Ich verstehe nicht, wie sie ohne Rücksprache mit objektiven Kennern der Verhältnisse in Nigeria sich so engagieren und einen weiten Kreis zu überzeugen versuchen ...«

Elsie Kühn-Leitz lässt sich jedoch nicht einschüchtern und kämpft weiter. Beispiel ist ein Auszug aus dem Brief an den Landesbischof Dr. Hanns Lilje in Hannover:

Sehr geehrter Herr Bischof,   14.2.68

[...] Nach der Unabhängigkeit herrschten in Nigeria Unruhen, bei denen hauptsächlich der Stamm der Ibo (heute Igbo) in Bedrängnis kam. Schon Mitte 1966 wurden über 2 Millionen Ibos aus den Ost- und West-Provinzen des Staates Nigeria vertrieben und über 30000 getötet. Alle Versuche, zu einer Einigung zwischen der Zentralregierung und Ostnigeria zu kommen, waren vergebens; das Morden ging immer weiter. So entschlossen sich die Ibos mit ihren Unterstämmen in Ost-nigeria am 30.5.1967 ihren eigenen Staat Biafra zu gründen. Wenige Wochen danach wurde der schon ein Jahr schwelende Krieg von der Zentralregierung offiziell erklärt. Von da an wurden in jeder Stadt und in jedem Dorf, die von den Soldaten der Zentralregierung erobert wur-den, sämtliche Ibos, ob Frauen, Kinder oder Greise, getötet. Der Präsi-dent Gowon der Zentralregierung erhielt die Unterstützung der Russen, Tschechen und Engländer durch zur Verfügungstellung von Waffen, Flugzeugen, Piloten und anderem technischen Personal.

Seit vielen Jahren kenne ich den früheren Premierminister von Ost-nigeria (heute Biafra), Dr. Michael Okpara, den unbestrittenen Führer der Ibos. Kurz vor Weihnachten erhielt ich dessen Besuch in Wetzlar. Dr. Okpara war gekommen, um mir die gegenwärtige so traurige Situa-tion seines Volkes darzulegen, das sich seit Monaten im Krieg befindet, und um eine Deklaration zum Veröffentlichen zu hinterlassen.

Inzwischen hat auch Dr. Akanu Ibiam aus Biafra, einer der Präsi-denten des Weltkirchenrates, die Bundesrepublik Deutschland, die deutsche Presse sowie andere Stellen auf die schreckliche Situation in seinem Land aufmerksam gemacht. Trotzdem geht der Krieg in unver-minderter Stärke und Heftigkeit weiter.

Im Einvernehmen mit den Ibos und ihren Führern richte ich einen Appell an alle Menschen guten Willens, und vor allem an die Evan-gelische Kirche Deutschlands, mit dazu beizutragen, daß es bald zu einem Frieden in Nigeria kommt, damit nicht die 16.000.000 Ibos, die

vorwiegend Christen sind, mit ihren Unterstämmen völlig ausgerottet werden.. Es muss Möglichkeiten geben, einen Vergleich zwischen beiden streitenden Parteien herbeizuführen, wonach die Existenz und eine gewisse Selbständigkeit in einer neuen Konföderation gesichert werden.

Ich bin überzeugt davon, sehr geehrter Herr Landesbischof, dass Sie nichts unversucht lassen werden, um Ihren großen Einfluss in Deutschland und in der Welt geltend zu machen, damit dieser schreckliche Krieg in Nigeria aufhört.

Mit vorzüglicher Hochachtung
und ergebenen Grüßen
Ihre Elsie Kühn-Leitz.[12]

Die Initiative von Elsie Kühn-Leitz stößt auf eine positive Grundstimmung zur Hilfe. So ruft Landesbischof Lilje am 5. April 1968 auf Anregung der Landessynode zu einer Hilfsaktion für Afrika auf.

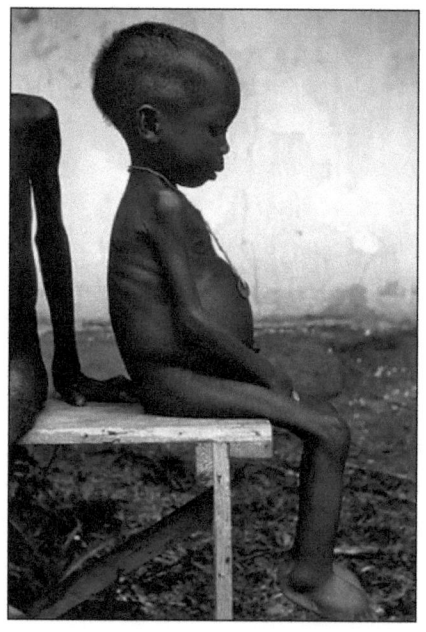

Solche Bilder gehen um die Welt. Biafra-Kinder haben oft einen »Hungerbauch« (ventre ballonné), einen stark angeschwollenen Leib und eine geschwollene Leber. Diese »Wassersucht« wird verursacht durch einseitige und gärende Nahrung, die meist aus Maniok, Reis, Kochbananen, ein wenig Stockfisch, Palmenfrüchten und gelegentlich etwas Krokodilfleisch besteht. Ein weiterer Grund für die Auszehrung sind weit verbreitete Wurmkrankheiten, die Kinder leiden unter Hakenwürmern, die mit Medikamenten aus dem Ausland behandelt werden müssten. Neben dem angeschwollenen Bauch und den dünnen Beinchen kann Elsie allein beim Blick auf den Kopf eines Kindes den Mangelzustand erkennen – rötliche Haare sind bei Afrikanern ein Zeichen von Unterernährung oder falscher Ernährung.

Die kriegerischen Auseinandersetzungen halten rund 30 Monate lang an und enden im Januar 1970 mit der Kapitulation Biafras. Im Dezember 1969, kurz vor dem Sieg der Zentralregierung, kommen die vier Kinder von Dr. Okpara als Flüchtlinge ins Haus Friedwart nach Wetzlar. Wegen der politischen Aktivität ihres Vaters mussten sie in ihrer Heimat um ihr Leben fürchten. Elsie Kühn-Leitz sorgt jahrelang für ihre Schul- und Universitätsausbildung in Deutschland, die alle erfolgreich abschließen.

Konfirmation der Okpara-Kinder in Rechtenbach am 20. Mai 1973

Im Herbst 1969 besucht Elsie Kühn-Leitz auf ihrer letzten großen Afrika-Reise die Republik Senegal, und wie auch bei allen vorherigen Besuchen auf diesem faszinierenden fremden Kontinent ist sie gründlich vorbereitet und führt Buch. Sie schreibt:

Der Senegal hat nicht ganz 200.000 qkm und heute etwa 3,5 Millionen Einwohner. Die Bevölkerung setzt sich aus verschiedenen Negerstämmen zusammen: Sudan-Neger, Serer, Tukuler, Fulbe, Wolof, aber auch Libanesen, die vorwiegend Handel treiben und Geschäfte haben. Die Staats- und Amtssprache ist Französisch. Der Hauptdialekt ist der Wolof. Die Senegalesen sind vorwiegend Mohammedaner, weit über 90%. Dazu kommen christliche Minderheiten, besonders Katholiken, sowie Animisten,[13] besonders im südlichen Teil von Senegal, in der Provinz Casamance.

Der Senegal erlangte seine Unabhängigkeit 1960. Zuerst hieß das Land, verbunden mit Mali, »Französischer Sudan«, aber schon im August 1960 trat die Trennung ein, und es entstanden zwei selbständige Staaten: die Republik Senegal und die Republik Mali. Im Senegal war von Anfang an Präsident Léopold Sédar Senghor eine international bekannte Persönlichkeit, besonders dadurch, daß er französische Schulen und Universitäten besucht hatte zusammen mit dem jetzigen Präsidenten Georges Pompidou, der sein persönlicher Studienfreund von dieser Zeit an ist. Später war Senghor Abgeordneter in der Assemblée Nationale de Paris, anschließend auch Abgeordneter in der Assemblée Communautairée Française in Dakar. Außerdem ist Präsident Senghor der größte afrikanische Dichter und Schriftsteller unserer Zeit, wie dies auch durch die Verleihung des Friedenspreises des Deutschen Buchhandels in der Frankfurter Paulskirche am 22.9.1960 anerkannt wurde.[14]

Léopold Sédar Senghor

Am 5. September 1960 wird Léopold Sédar Senghor erster Präsident der neuen Republik Senegal und bleibt, viermal wiedergewählt, bis 1980 im Amt. Er selbst schreibt den Text für die Nationalhymne, die von Herbert Pepper (franz. Musikethnologe 1912-2000) vertont wird. Die senegalesische Nationalhymne:

> Pincez tous vos koras, frappez les balafons.
> Le lion rouge a rugi. Le dompteur de la brousse
> D'un bond s'est élancé,
> Dissipant les ténèbres.
> Soleil sur nos terreurs, soleil sur notre espoir.[15]

Dr. Elsie Kühn-Leitz wird auf ihrer Reise Léopold Sédar Senghor wiedersehen. Zuvor möchte sie sich jedoch ein Bild von der Lage im Land machen. Ihre erste Station ist Dakar mit Umgebung, und hier ist sie entsetzt über den trostlosen Anblick der Vorstädte, denn es gibt es fast keine Kanalisation und die Menschen hausen in Baracken aus Aluminiumblech, Brettern und Pappe. Erfreulicher ist das nächste Ziel – Diourbel, Hauptstadt der gleichnamigen Provinz, etwa 150 km westlich von Dakar gelegen.

Diourbel mit seinen 30.000 Einwohnern ist seit 1961 ebenfalls eine Partnerstadt von Avignon und Elsie kennt daher sowohl den Bürgermeister der Provinzhauptstadt als auch Herren der dort bestehenden großen Industrien. Die wichtigste ist S.E.I.B., Société Électrique Industrielle, von Franzosen gegründet und geleitet, die seit etwa 25 Jahren besteht. Hier wird die gesamte Elektrizität für die Industrie und die Stadt mit Generatoren erzeugt. In großen Mengen verarbeitet man Erdnüsse zu Öl und Margarine, erzeugt Essig, sowie verschiedene andere Produkte, die für den Konsum des Landes wichtig sind. 600 Menschen arbeiten hier.

Aber auch Deutschland hat in Diourbel Spuren hinterlassen. Elsie Kühn-Leitz besichtigt das »Hospital Heinrich Lübke«, das nach einem Besuch des früheren Bundespräsidenten im Jahre 1964 errichtet wurde. Sie berichtet:

Es ist ein modernes Hospital mit Flachbauten, Air Condition, großen Operationssälen, Laboratorien, einer ganz modernen Kücheneinrichtung und einem ebenso modernen Wäschereibetrieb. Das Hospital sollte mit 30 Betten ausgerüstet werden, bisher steht aber nur ein Drittel der Räumlichkeiten mit entsprechenden Betten zur Verfügung. Ursprünglich waren, wie mir gesagt wurde, 15 deutsche Ärzte, Schwestern und Techniker tätig. Es arbeiten aber zur Zeit höchstens noch neun Deutsche im Hospital, darunter zwei Ärzte, zwei Techniker und eine voll ausgebildete Krankenschwester.

Die Verwaltung hat ein Senegalese, der ein gläubiger Mohammedaner ist. Die Deutschen haben sehr viele Schwierigkeiten mit ihm, da er die wenigen Gelder einkassiert und auch die Ausgabe der Medikamente unter sich hat. Da nur die deutschen Angestellten von der Bundesrepublik bezahlt werden und alle anderen notwendigen Arbeitskräfte vom senegalesischen Staat, wurden von dem zuständigen Minister viele Positionen gestrichen, sodaß 19 Hilfskräfte fehlen, was sich geradezu katastrophal für das Hospital auswirkt.

Als ich die großen Maschineninstallationen sah und die Deutschen dort ansprach, wurde mir klar, daß, wenn diese Menschen gehen, das gesamte Hospitalprojekt von etwa 30-40 Millionen Mark immer mehr verfallen wird, da die Senegalesen noch nicht so weit sind, eine solche Klinik selbst zu unterhalten. Sie haben weder das Geld noch die ausgebildeten Menschen dafür. Dementsprechend war auch die Stimmung der leitenden deutschen Ärzte sehr gedrückt. Nach meinem Besuch im Hospital war ich sehr niedergeschlagen und recht traurig und sehe persönlich nur eine Lösung für den Fortbestand dieser kostbaren Anlage. Die Bundesrepublik müßte sich entschließen, die gesamte Leitung des Hospitals noch für 20 weitere Jahre zu übernehmen und müßte gleichzeitig darauf hinwirken, das entsprechende senegalesische Personal systematisch für die Nachfolge auszubilden ...[16]

Die Reise geht weiter in die Stadt St. Louis, die etwa 300 km nördlich von Dakar liegt und früher Hauptstadt des Senegals war. Hier besucht Elsie Kühn-Leitz das alte Hospital, mindestens dreimal so groß wie das »Hospital Heinrich Lübke«, aber recht gut funktionierend, weil noch sehr viele französische Ärzte dort tätig sind und die senegalesischen Hilfskräfte gut ausgebildet wurden.

Um den Süden des Senegals zu erkunden, muss die Reisende das Flugzeug benutzen. Vom Flughafen Dakar-Yoff aus fliegt sie in die Provinz Casamance mit der Hauptstadt Ziguinchor, die circa 30.000 Einwohner hat.

Mit im Flugzeug sind Experten der FAO (Ernährungs-und Landwirtschaftsorganisation der Vereinten Nationen) und der EWG (Europäische Wirtschaftsgemeinschaft). Die Männer wollen das Land genauer kennenlernen und geographisch und geologisch untersuchen, ob es Möglichkeiten für weitere Reisanbauflächen gibt. Nach der Landung fährt Frau Kühn-Leitz in einem Motorboot auf dem Casamance Fluss und besucht zahlreiche urwüchsige Dörfer. Anschließend bringt sie der Wagen des Gouverneurs Diop bis zum Atlantik nach Cap Skiring. Landschaft und Bucht dort gleichen den Bildern, die Gauguin von Tahiti gemalt hat, und die Reisende sieht Potential für späteren Fremdenverkehr.

Wie bei all ihren Unternehmungen in Afrika hat Elsie Kühn-Leitz genau Buch über ihre Beobachtungen und Erfahrungen geführt und Vorschläge zur Verbesserung kritischer Situationen entwickelt. Als sie Ende November zu einer Privataudienz bei Präsident Senghor geladen ist, kann sie ihm eine Liste überreichen mit Vorschlägen zu Projekten, die ihr für den Senegal besonders wichtig erscheinen.

1. Die Verbesserung der Fischwirtschaft

Überall an den Küsten Senegals liegen zahlreiche Fischerdörfer, vor allen Dingen wird hier Thunfisch gefangen und der Tioff. Die Senegalesen essen die Fische meist frisch oder trocknen sie an der Sonne. Der Fischfang ist jedoch sehr zurückgegangen, da auch andere Staaten wie Russland und Japan im Meer um den Senegal herum fischen. In Zukunft müssen die Fischer viel weiter hinaus aufs Meer fahren und auch in die südlichen Gefilde. Laut Auskunft des deutschen Botschafters in Dakar, Herrn Junges, will die Bundesrepublik zwei große Fischdampfer mit Kühlanlagen zur Verfügung stellen. Konservenfabriken für die Verarbeitung des Thunfisches, der Krabben, der Hummer etc. wären ebenfalls wichtig.

2. Verbesserung der Landwirtschaft

Durch regelmäßige Bewässerung würde sich die Möglichkeit ergeben, die Monokultur der Erdnüsse abzulösen und mehr Gemüse und Obstbäume anzupflanzen.

3. Erziehung der Kinder und Frauen

Höchstens 25% der Bevölkerung können lesen und schreiben. Viele Bauern leben verstreut in kleinen Dörfern; man müsste wie in Deutschland versuchen, Gesamtschulen einzurichten, aber das braucht Lehrer und Transportmittel. Am einfachsten ist die Erziehung durch Fernsehen. Die Amerikaner haben das durch verschiedene Kanäle erfolgreich auf der Inselgruppe von Amerikanisch-Samoa durchgeführt. Im Senegal müssten die Sendungen auch in den wichtigsten regionalen Sprachen ausgestrahlt werden.

Elsie Kühn-Leitz kann im Radio Dakar zu den senegalesischen Frauen sprechen. Nachdem sie diese für ihre Schönheit und Eleganz bewundert hat, schlägt sie vor, dass die Frauen auch Gewicht auf das Aussehen ihrer Häuser legen sollen, die im traditionellen Stil viel schöner und gesünder seien als Hütten aus Wellblech, Brettern, Lehm und Pappe. Sie berichtet von dem Wettbewerb »Unser Dorf soll schöner werden«, wie er in Deutschland eingeführt wurde.

Elsie Kühn-Leitz scheut sich nicht, die Frauen dazu aufzurufen, etwas zu tun »Retroussez les manches!« »Krempelt die Ärmel auf und schafft Ordnung um Euch herum, damit Euer Land einen wirklichen Anreiz für den Tourismus bietet.«

4. Vermehrung der handwerklichen Ausbildungsstätten

Wie der Präsident selbst legt auch Frau Kühn-Leitz großes Gewicht auf das Kunsthandwerk. Die Senegalesen sind geschickt mit Holzschnitzereien aller Art, Schilf-, Bast-, und Strohgeflechten und in der Herstellung von Gold- und Silberschmiedewaren. Lederwaren aus einheimischen Tierhäuten, darunter Schlangen- und Krokodilhaut werden in einer Ausbildungsstätte hergestellt und verkauft. Diese Artisanate müssten vervielfacht werden, damit die Volkskunst überall gegenwärtig sei und ins Bewusstsein der Bevölkerung dringe.

5. Die Einrichtung einer Station Bethel.

Im Senegal leben außergewöhnlich viele Körperbehinderte, vor allem infolge von Kinderlähmung, Lepra und Erblindung. Sie liegen auf den Straßen herum und betteln. In einer sogenannten »Station Bethel« müssten die verarmten und kranken Menschen entsprechend ihrer Gebrechen behandelt werden, wie dies in Südafrika schon in vorbildlicher Weise durchgeführt wird.

Nach Beendigung der Diskussion über die dringendsten politischen Probleme überreicht Elsie Kühn-Leitz dem Präsidenten ihre Geschenke. Aus Deutschland hat sie ihm einen Leitz-Pradovit-Color-Projektor mitgebracht. Gemeinsam können sie damit die Dias betrachten, die Elsie bei der Verleihung des Friedenspreises des Deutschen Buchhandels an ihn in der Paulskirche zu Frankfurt am 22.9.1960 gemacht hat. Des weiteren hat sie im Gepäck noch ein Deutschland- und ein Wetzlar-Buch in deutscher Sprache sowie Goethes Faust und Werthers Leiden in Französisch.[17]

X. Die letzten Jahre

Rötelzeichnung von Karl Sümmerer

Und immer wieder auf Reisen
Der fortwährende
israelisch-palästinensische Konflikt

*D*ie Friedensbemühungen von Dr. Elsie Kühn-Leitz sind nicht nur auf Europa und Afrika begrenzt; sie beschäftigt sich auch mit Problemzonen in anderen Teilen der Welt. Ein Beispiel dafür sind die Auseinandersetzungen zwischen Israel und Palästina.

Schon während ihres Studiums in Frankfurt hatte Elsie Leitz den Jura-Studenten Ernst Nebenzahl kennengelernt, dem sie für immer als »Die schöne Leica« in Erinnerung bleibt. Während dieser unbeschwerten Studienzeit begann eine lange Freundschaft, die auch weiter lebt, als Ernst Nebenzahl mit seiner Frau Hilde nach Israel auswandert und dort Vorsitzender des Aufsichtsrats der Bank von Israel (1957-1961) und anschließend Staatskontrolleur von Israel (bis 1981) wird.

Ernst Nebenzahl erzählt in seinen Erinnerungen von einem Besuch Elsies in Jerusalem, bei dem sich ihr typisch handlungsfreudiges Verhalten zeigt:

... Sie kam zwar mit einem schönen wertvollen Geschenk ausgestattet, einem erstklassigen Feldstecher, für den es in der Jerusalemer historischen Hügellandschaft viel nützliche Verwendung gibt. Aber ihr war das nicht genug. Sie versuchte nicht mehr und nicht weniger als eine friedliche Lösung für die Beziehungen zwischen Arabern und Israelis zu finden, ein Problem, mit dem sich beste Geister der Weltpolitik seit Jahrzehnten abmühen. Ihr Lösungsvorschlag war noch viel weitsichtiger als der Feldstecher, nämlich die Errichtung einer Konföderation zwischen dem Staat Israel und seinem jordanischen Nachbarn.

Diesen Vorschlag einer Lösung warf sie aber nicht einfach so hin. In guter Erinnerung ihrer staatsrechtlichen Kenntnisse zielte sie genau auf die Konföderation und deren Unterschied zum Bundesstaat ab. Mit der

ihr eigenen Energie und Zielbewusstheit trug sie den Gedanken über-
all vor, wo dies möglicherweise nützlich sein könnte, und verlangte von
ihren Freunden, daß sie beharrlich das gleiche tun.

Wie allgemein bekannt, ist das Problem unseres kleinen, vielumstrit-
tenen Erdenwinkels nicht gelöst, aber eine Lösung wie Elsie Kühn-Leitz
sie beinahe auf den ersten Blick vor sich sah, erscheint heute vielleicht
weniger fern, als es damals der Fall war, vor mehr als 15 Jahren. Wenn
ich den Tag erleben sollte und noch handlungsfähig bin, so möchte ich
gerne das Meine dazu tun, daß dabei der wohlwollenden Intuition und
Einsatzbereitschaft von Elsie Kühn-Leitz dankbar gedacht werde.

Dr. I. Ernst Nebenzahl, Staatskontrolleur von Israel[1]

BEMÜHEN UM ZITA, DIE EX-KAISERIN

Zita Maria delle Grazie Habsburg-Lothringen, geb. Prinzessin von Bourbon-Parma, die Ehefrau des letzten Österreichischen Kaisers Karl I., wird am 9. Mai 1892 als Tochter eines norditalienischen Herzogs und seiner aus dem portugiesischen Königshaus stammenden Ehefrau geboren. Das Mädchen wächst in einer kinderreichen Familie in mehrsprachigem Umfeld auf, und ihre Erziehung ist von streng katholischen Grundsätzen geleitet. Zita verbringt die Kindheit an der Küste Liguriens und im niederösterreichischen Schloss Schwarzau, das um die Jahrhundertwende ein Treffpunkt vieler Adliger ist. Hier begegnet Zita auch ihrem zukünftigen Mann, dem designierten Erzherzog Karl von Österreich und späteren Kaiser Karl I.

Die Hochzeit findet am 21. Oktober 1911 in Schwarzau statt, und es ist der Beginn einer glücklichen Ehe. Als Kaiserin nimmt Zita eine politisch bedeutende Position ein und ist ständige Begleiterin ihres Gatten, dem sie mit Rat und Tat zur Seite steht. Auch nach der Entmachtung Karls im November 1918 bleibt sie im Exil seine wichtigste Stütze. Der Kaiser verstirbt 1922 und Zita kämpft anschließend für die dynastischen Rechte ihrer acht Kinder. Doch Österreich ist

Republik und die ehemalige Kaiserin muss im Exil bleiben und darf österreichischen Boden nicht mehr betreten.

Elsie Kühn-Leitz erfährt von der misslichen Lage der alten Dame und besucht diese alljährlich im St.-Johannis-Stift in Zisers in der Schweiz. Zuweilen nimmt Frau Kühn-Leitz ihren Enkel Oliver Nass mit auf die Reise, der sich daran noch gut erinnern kann.

Im Hintergrund appelliert die promovierte Juristin im Namen der Menschlichkeit an den österreichischen Bundeskanzler Bruno Kreisky und bittet ihn, der 91jährigen endlich den Besuch in ihrer österreichischen Heimat zu gestatten. Dem Antrag wird zur Freude von Frau Kühn-Leitz stattgegeben.

Am 14. März 1989 stirbt Zita im Alter von 96 Jahren in ihrem Alterswohnsitz in der Schweiz. Sie wird gemäß den Traditionen des Hauses Habsburg in der Wiener Kapuzinergruft beigesetzt.

Bei den Unterlagen im Haus Friedwart befinden sich ein Dankesschreiben von Zitas Sohn, Otto von Habsburg, und eins von einer Baronin, die Gesellschafterin von Ex-Kaiserin Zita war.

Liebe Frau Dr. Kühn-Leitz!

Im Auftrag Ihrer Majestät Kaiserin Zita soll ich Ihnen von ganzem Herzen für Ihr Päckchen mit den wunderschönen Cassetten danken, die der Kaiserin eine riesige Freude bereitet haben; aber auch für die vielen herrlichen Süssigkeiten etc., die Sie zusammen mit Frau Linde Impekoven hergeschickt haben, sagt Ihnen Ihre Majestät ihren gerührten Dank und bittet Gott, Ihnen alles reichlichst zu vergelten.

Mit den besten Grüssen der Kaiserin - und bitte verzeihen Sie die Kürze des Schreibens; aber man kommt bei der Unmenge von Post einfach nicht nach!

Ihre

Zizers, 7.5.1983.

Fotos: GAZ-Archiv, Stadtarchiv · MDV-Grafik: N. Becker

*I*n den 1970er Jahren mischt sich Elsie Kühn-Leitz noch einmal vehement in die Politik ihrer Heimatstadt ein. Sie möchte verhindern, dass Wetzlar als Stadt seine Selbständigkeit verliert, und die kämpferische Frau legt sich dabei mit der städtischen CDU an, deren Mitglied sie seit 1945 ist. Doch alles hilft nichts: Im Zuge der hessischen Gebietsreform wird am 1. Januar 1977 die Stadt LAHN gegründet. Diese neue Stadt ist eine Vereinigung von Dillkreis, Landkreis Gießen und Wetzlar.

Glücklicherweise löst man nach großen Bürgerprotesten, insbesondere aus Wetzlar, das Konstrukt am 1. August 1979 wieder auf. Kurioserweise vermissten die Wetzlarer neben der Hervorhebung ihrer Jahrhunderte alten Geschichte auch den Verlust ihres Kfz-Kennzeichens »WZ«, denn die neuen Schilder mussten den Buchstaben »L«, tragen. Viele Autobesitzer zeigten ihren Unmut, indem sie auf ihren Wagen den Spruch aufklebten

»Wenn ich Lahn seh', krieg ich Zahnweh.«

Gemeinsam mit Elsie Kühn-Leitz kämpfen ihre Freunde, das Ehepaar Ebertz, gegen diese in ihren Augen »Mißgeburt Lahn«. Walter Ebertz erzählt in seinen Erinnerungen:

Als dann das Ende der »Lahnstadt« gekommen war, und ich zusammen mit meiner Frau in der Nacht der Auflösung in den Dom ging, um eine Viertelstunde lang alle Glocken zu läuten – als Dompfleger hatte ich Zugang zum Geläut -, wurde dieser Freudenruf auch im Haus Friedwart mit Jubel empfangen, und wir fühlten gemeinsam: So schön, wie in dieser Nacht, werden unsere Glocken nie mehr für uns erklingen.[2]

UNTERWEGS MIT FRAU HOTTENROTT
Im September 1981

Anneliese Hottenrott, Gründungsmitglied und später Präsidentin der Deutsch-Französischen Gesellschaft Wetzlar erinnert sich an eine Reise mit der schon 78jährigen Elsie Kühn-Leitz:

Es war im September 1981 anlässlich eines Kongresses der Vereinigung der Deutsch-Französischen Gesellschaft in Contrexéville (Departement Vosges). Elsie Kühn-Leitz und ich fuhren in ihrem Wagen dorthin. Wie dies öfter der Fall war, kamen wir etwas verspätet an, nachdem wir erst das Haus unserer Unterkunft (eine Art Studentenheim) suchen mussten. Bei unserer Ankunft trafen wir die übrigen Kongress-Teilnehmer,

die schon auf dem Weg zu dem Hotel-Restaurant waren, wohin sie uns den Weg dann beschrieben. Elsie Kühn-Leitz und ich zogen uns erst um, es war für diesen Abend festliche Kleidung erwünscht. Ich entsinne mich noch gut, dass sie einen langen schwarzen Rock anzog. Als dann endlich sämtliche Orden angelegt waren, begaben wir uns hinunter nach dem Ausgang. Doch welche Überraschung – wir fanden die Haustüre verschlossen. Wir suchten nach anderen Hintertüren – es war aber alles zu und kein Schlüssel zu finden. Elsie Kühn-Leitz schimpfte über die schlechte Organisation und rannte von einem Raum in den anderen, um nach einer Rettung zu suchen. Plötzlich war sie verschwunden. Ich traute meinen Augen und Ohren nicht, als ich von draußen ihre Stimme hörte und ein offenes Fenster sah. »Du musst durchs Fenster steigen«, rief sie mir zu. Ich erstarrte fast, als ich durch das Fenster blickte und sie draußen auf der Wiese stehen sah. Im langen schwarzen Rock war sie über die Fensterbrüstung gestiegen und hat sich an der Hauswand hinunter gleiten lassen »Das letzte Stück musst du springen«, hat sie mir noch als Tipp gegeben. Auch für mich gehörte Mut dazu, die mindestens zwei Meter tief hinunterzuspringen. Unglaublich, aber wahr! Nach geglückter Rettung lachten wir und putzten uns den Dreck von den Kleidern. Dann machten wir uns in der angegebenen Richtung zu dem Restaurant auf den Weg. Hier trafen wir die Kongressteilnehmer beim Abendessen an und erzählten unser Erlebnis. Großes Gelächter natürlich und Bravo für unsere Leistung. Nur Herrn Paureau, dem Verantwortlichen, war die Sache ziemlich peinlich. Auf seine Entschuldigung hin sagte Elsie Kühn-Leitz nur:»Wenn alles im Leben so glatt abgehen würde, dann wär's ja langweilig, wichtig ist nur, dass man sich immer zu helfen weiß.«[3]

Dr. h. c. Hans Günther Weber, von 1954 bis 1960 Landrat von Wetzlar erinnert sich an die gemeinsame Zeit und Arbeit mit Dr. Elsie Kühn-Leitz. Als Oberstadtdirektor in Braunschweig gründet er eine Stiftung für ein freiheitliches Europa, die den Namen des im Ersten Weltkrieg gefallenen Reichstagsabgeordneten Dr. Ludwig Frank trägt. Frau Elsie Kühn-Leitz wird ein verdienstvolles Ehrenmitglied dieser Stiftung. Als sie im Januar 1984 eine Einladung zum europapolitischen Seminar in Torremolinos/Spanien erhält, steht sofort für sie fest, dass sie dorthin reisen will. Es wird ihre letzte Auslandsflugreise, und sie beteiligt sich mit großem Engagement an der Veranstaltung. Im großen Bildungszentrum der Hanns-Seidel-Stiftung, dem *Centro de Formaión Ojén* hält die Achtzigjährige eine lange Rede und lässt keine Vorlesung aus. Der Präsident des Andalusischen Landtages und Oberbürgermeister der Stadt Malaga, Dr. Pedro Aparicio Sanches, ehrt die Seniorin mit der Picasso-Medaille. Auch an den Besichtigungsfahrten nimmt Elsie Kühn-Leitz teil und ist sachkundige Informantin, sowohl in Ronda als auch im großartigen Bauwerk der Alhambra in Granada, dem letzten arabischen Kalifat in Spanien.

Noch einmal besucht die Expertin Afrika. Sie fliegt gemeinsam mit Seminarteilnehmern mit der ersten Maschine nach Tetuan in Marokko, obwohl dort erst wenige Tage zuvor ein Aufstand blutig niedergeschlagen worden war.[4]

Die Wetzlarer Ehrenbürgerin
Dr. Elsie Kühn-Leitz ist tot

In der Nacht zum 8. August 1985 verstirbt Dr. Elsie Kühn-Leitz. Hans Georg Waldschmidt schreibt in der Wetzlarer Zeitung:

... Die große alte Dame Wetzlars ist tot. Dr. Elsie-Kühn Leitz schlief in der Nacht zum Montag in ihrem geliebten Haus Friedwart friedlich ein. Sie erreichte das gesegnete Alter von 81 Jahren. Der Trauergottesdienst findet am Freitag um 15 Uhr im Dom statt; die Beisetzung zu einem späteren Zeitpunkt im engsten Familienkreis.

Die Flaggen der Stadt wehen auf Halbmast. Im Dom haben sich neben den Familienangehörigen rund 400 Vertreter aus Politik, Wirtschaft und Kultur versammelt, um in einer ergreifenden Zeremonie Abschied zu nehmen. Der Sarg ist geschmückt mit Margeriten und roten Rosen.

Predigt zum Tode von Dr. Elsie Kühn-Leitz
im Dom zu Wetzlar am 9.8.1985
Pfarrer Ulrich Lorenz

Ein Auszug:

Der Wochenspruch dieser Woche lautet
»... denn welchem viel anbefohlen ist,
von dem wird man viel fordern.«

Dieser Spruch nimmt Bezug auf das Gleichnis von den anvertrauten Talenten in Lukas 12 Vers 48.

Da macht ein Herr eine große Reise und übergibt sein Vermögen an seine Knechte, jedem nach seiner Tüchtigkeit, dem einen viel, dem

anderen weniger und irgendwann zu einem unbestimmten Zeitpunkt kommt er zurück und rechnet mit ihnen ab – lobt die einen, dass sie mit den Talenten gewuchert haben, tadelt den anderen, der sein Talent nur vergraben hat.

Die Überschrift zu diesem Gleichnis könnte lauten:
»Von jedem, dem viel gegeben ist, wird man viel erwarten, und wem viel anvertraut ist, von dem wird man umso mehr fordern.«

Gott hat ihr viel gegeben. Gott hat ihr überdurchschnittlich viel anvertraut und in ihr Leben hinein geschenkt. Sie trug den Namen einer Familie, die in der ganzen Welt bekannt ist, und das gehört zu unserem Gleichnis von den anvertrauten Talenten – ein Name verpflichtet auch.

Und sie hat die Möglichkeiten, die sie hatte durch ihren Namen, durch ihre Herkunft, eingesetzt, zur Verfügung gestellt, wo sie nur konnte. Da darf man auch die materiellen Gaben nennen und ihre persönliche Bescheidenheit. Da darf man auch das schöne Haus Friedwart nennen, das stets offen war für ungezählte Menschen, die dort Zuflucht suchen konnten, mit denen dort gesprochen werden durfte, mit denen Austausch stattfand, und die dann wieder beschenkt hinausgingen, dahin, wo Gott sie hingestellt hatte.

[...] Gott hat zu allen ihren Gaben und Begabungen und Talenten ihr eine nicht zu beschreibende Gesundheit geschenkt, sonst hätte sie das alles nicht bewerkstelligen können. Gesundheit, um auch Strapazen zu ertragen, die sie auf sich genommen hat, um Menschen zu helfen, um Brücken zu schlagen, um weite Reisen zu machen, immer im Dienst für die Menschen. Bis in ihre letzte Zeit hinein wollte sie noch Kraft und Gesundheit zeigen, und war fast rastlos und unermüdlich, um zu vollenden, was nicht vollendet war.

Liebe Gemeinde, ich denke, dass wir in dieser Stunde Abschied neh-
men mit einer großen Dankbarkeit (...) und wenn wir das hier sagen
in einem christlichen Gottesdienst, dann sagen wir es nicht, um einen
Verstorbenen zu verherrlichen, denn das ist nicht unsere Aufgabe, son-
dern wir sagen es zu Ehre unseres Gottes, denn alles, was wir einem
Menschen zu danken haben, das haben wir Gott zu danken ...[5]

Ich lebe mein Leben in wachsenden Ringen,
Die sich über die Dinge ziehn.
Ich werde den letzten vielleicht nicht vollbringen,
Aber versuchen will ich ihn.

Rainer Maria Rilke

Unsere geliebte Mutter, unsere Schwester, Schwägerin und Großmutter

Dr. Elsie Kühn-Leitz

ist am 5. August 1985 im Alter von 81 Jahren im Haus Friedwart entschlafen.

In tiefer Trauer, Liebe und Verehrung

Dr. Knut Kühn-Leitz
Cornelia Nass geb. Kühn-Leitz
Dr. Klaus Otto Nass
Dr. Ludwig Leitz
Johanna Leitz
Marianne Leitz
Christine Leitz
Oliver und Berenike Nass

6330 Wetzlar Haus Friedwart

Der Trauergottesdienst findet am Freitag, dem 9. August 1985, 15 Uhr, im Dom zu Wetzlar statt.

Im Sinne der Verstorbenen bitten wir auf Blumen- und Kranzspenden zu verzichten zugunsten des Albert-Schweitzer-Kinderdorfes e. V. in Hessen. Sparkasse Wetzlar, Kto. Nr.55392 oder des Deutschen Hilfsvereins für das Albert-Schweitzer-Spital in Lambarene e.V. 7312 Kirchheim Nabern Postscheckamt Hannover Nr.109308

Wir trauern um die Präsidentin der Deutsch-Französischen Gesellschaft e. V. Wetzlar und die Gründungs- und Ehrenpräsidentin der Vereinigung Deutsch-Französischer Gesellschaften e. V. Mainz, der wir unendlich viel verdanken.

Dr. Elsie Kühn-Leitz
22.12. 1903   5. 8. 1995

Ehrenbürgerin der Partnerstädte Avignon und Wetzlar
Trägerin des großen Verdienstkreuzes
des Verdienstordens der Bundesrepublik Deutschland
Officier dans l'Ordre des Palmes Académiques
de la République Française
Inhaberin der Goethe-Plakette des Landes Hessen
und vieler anderer großer Auszeichnungen

Deutsch-Französische Gesellschaft	Vereinigung Deutsch-Französischer Gesellschaften in Deutschland und Frankreich e. V. Mainz
Wilhelm Grün Generalsekretär	Siegfried Troch Präsident

Trauergottesdienst Freitag 9. August 1985 15 Uhr

Elsies Lieblingsplatz
im Garten von Haus Friedwart

Zu Füßen der Skulptur von Hermann Lickfeld
Mann mit Blütenzweig
haben ihre Kinder einen Gedenkstein legen lassen.

Und meine Seele spannte
weit ihre Flügel aus
flog durch die stillen Lande
als flöge sie nach Haus.
Joseph Freiherr von Eichendorff
Unserer unvergessenen Mutter
ELSIE KÜHN-LEITZ

Wege der Erinnerung

Goethe- und Optik-Stadt

Elsie-Kühn-Leitz-Straße

Avignon-Anlage

Ernst-Leitz-Straße

Am Leitz-Park

Goethestraße

Oskar-Barnack-Straße

Gedenkstein
Avignon-Anlage
in Wetzlar

Ehrungen

1965 Officier dans l'ordre des Palmes Académique
de la République Française

1966 Ehrenbürgerin der Stadt Avignon

1969 Ehrenpräsidentin des Arbeitskreises Deutsch-Französischer
Gesellschaften in Deutschland und Frankreich

1969 Verdienstkreuz I. Klasse des Verdienstordens
der Bundesrepublik Deutschland

1970 Aristide Briand-Medaille

1974 Ehrenbrief des Landes Hessen

1974 Ehrenring der Stadt Wetzlar

1978 Ehrenvorsitzende der Wetzlarer Kulturgemeinschaft

1979 Ehrenbürgerin der Stadt Wetzlar

1984 Goetheplakette der Stadt Frankfurt

1984 Großes Verdienstkreuz des Verdienstordens
der Bundesrepublik Deutschland

Urkunde

Die Stadtverordnetenversammlung der Stadt Wetzlar verleiht durch einmütigen Beschluß vom 15. Dezember 1979

FRAU DR. JUR. ELSIE KÜHN-LEITZ

das

EHRENBÜRGERRECHT

der Stadt Wetzlar

Frau Dr. Kühn-Leitz sieht sich der hohen Tradition ihrer Vaterstadt verpflichtet.

Ihrem Wirken verdanken die Bürger Wetzlars einen entscheidenden Beitrag zum Wiedererstehen eines kulturellen Lebens nach 1945.

Ihr weltweiter humanitärer und kultureller Einsatz im Sinne Albert Schweitzers hat der Goethestadt Wetzlar Bedeutung hinzugewonnen.

Die Stadt Wetzlar bringt durch die Verleihung des Ehrenbürgerrechtes ihre Anerkennung in der Gewißheit zum Ausdruck, daß die von Frau Dr. Kühn-Leitz geschaffenen Grundlagen, auch in der deutsch-französischen Verständigung, zum Fundament des kommenden Europa gehören.

Für die Stadtverordnetenversammlung   Für den Magistrat

Stadtverordnetenvorsteher   Oberbürgermeister   Stadtrat

Elsie Anna Grace Leitz, 1903-1985

22.12.1903 Geburt in Wetzlar
Besuch der Höheren Töchter Schule in Wetzlar
Freie Schulgemeinde Wickersdorf
1921 Abitur an der Oberrealschule Berlin-Mariendorf
1921 Volkswirtschaft und Sprachen an der Goethe-Universität
Frankfurt, München: Wechsel zur Handelshochschule
1922 Diplom Kauffrau
Studium der Rechtswissenschaft an der Ludwig-Maximilian
Universität München, Friedrich Wilhelm Universität Berlin
Goethe-Universität Frankfurt am Main
Rechtsreferendariat am Oberlandesgericht mit Praktikum
am Amtsgericht in Bad Vilbel
1935 Heirat mit Diplom-Volkswirt Dr. Kurt Kühn
Leben in Wuppertal und Münster
1936 Promotion: Dr. jur. Elsie Kühn-Leitz
Geburt der Kinder: Knut 1936, Cornelia 1937 und Karin 1939
1940 Rückkehr nach Wetzlar
1943 Gestapohaft
1945 Mitbegründerin der Wetzlarer Kulturgemeinschaft
1949 Scheidung
1954 Begegnung mit Konrad Adenauer
1955 Gründung der Deutsch-Französischen Gesellschaft in Wetzlar
1957 Vereinigung Deutsch-Französischer Gesellschaften in
Deutschland und Frankreich (VDFG)
1959 1. Besuch in Lambarene
ab. 1960 Mehrere Reisen nach Afrika
1960 Partnerschaft Wetzlar-Avignon
1984 Großes Verdienstkreuz des Verdienstordens der BRD
1985 Tod in Wetzlar

Der Elsie-Kühn-Leitz-Preis ist ein mit 10.000 Euro dotierter Preis der Vereinigung Deutsch-Französischer Gesellschaften für Europa. Die Namensgebung ehrt Leben und Werk von Elsie Kühn-Leitz, die den Worten Konrad Adenauers folgte:

»Ich hoffe sehr, dass Sie Ihre Arbeit zur Intensivierung der deutsch-französischen Beziehungen fortsetzen. Sie erweisen damit unserer Politik einen großen Dienst.«

Der Preis wird seit 1986 etwa alle zwei bis drei Jahre an Personen des öffentlichen Lebens verliehen für herausragende Verdienste um die Verständigung zwischen Deutschland und Frankreich und die europäische Einigung. Mit der Verleihung soll ein aktiver Beitrag zur Vertiefung der deutsch-französischen Verständigung geleistet werden. Die Auszeichnung besteht aus einer Ehrenmedaille mit Ehrenurkunde; die Geldsumme steht dem Preisträger zur Förderung eines gemeinnützigen deutsch-französischen Zweckes seiner Wahl zur Verfügung. Der Preis wird im Rahmen der gemeinsamen Jahreskongresse von VDFG und FAFA überreicht.

Die bisherigen Preisträger:

1986   Pierre Pfimlin, einer der Gründungsväter der Europäischen Union, Präsident des Europaparlaments

1988   Pierre Marie André, Domkapitular zu Chartres

1989   Peter Scholl-Latour, Journalist

1991   Jacques Delors, Präsident der Kommission der Europäischen Gemeinden

1993   Hans Dietrich Genscher, Außenminister der Bundesrepublik Deutschland

1995   Hans Stercken, Vorsitzender des Auswärtigen Ausschusses des Deutschen Bundestages

1996   Joseph Rovan, Historiker und Publizist

1998   Valéry Giscard d'Estaing, französischer Staatspräsident

2001   Helmut Kohl, Bundeskanzler a. D.

2003   Werner Spies, Kunsthistoriker und Museumsleiter

2005   Jean-Claude Junker, Luxemburgischer Premierminister

2007   Gottfried Langenstein, Präsident von ARTE

2010   Madame Marie-Josée Roig, Député-Maire d'Avignon

2015   Annegret Kramp-Karrenbauer, Ministerpräsidentin des Saarlandes

2018   Dr. Frank-Walter Steinmeier, Bundespräsident

2022   Die deutsch-französische Parlamentarische Versammlung

Vorspann

*Lagler, Helmut, Definition Leitzianer »Als Leitzianer bezeichnen sich die hochmotivierten, zuverlässigen, äußerst korrekten, zielstrebigen und firmentreuen Mitarbeiter.«

I. Familiengeschichte

1. Ernst Leitz II, »Ich entscheide hiermit: Es wird riskiert«, S. 14f
2. Erb, W., »Die Leitz-Werke – Optische Werke Wetzlar«, S. 41, 46
3. Kalsmunt Namensdeutung: Kals = Karls und munt = Vasall,
Einen Kilometer entfernt von der Altstadt befindet sich auf einem 250 m hohen Basaltkegel, dem Kalsmunt, die Ruine einer Stauferburg (1160-1180). Die einst mächtige Burg entstand unter Kaiser Friedrich I (1152-1190) und war Bestandteil des staufischen Verteidigungssystems. Gleichzeitig schützte die Burg die junge Reichsstadt Wetzlar und sicherte die »Hohe Straße«, eine Fernhandelsstraße von Köln über Wetzlar nach Frankfurt. Heute ist nur noch der Bergfried der Burg, der Kalsmuntturm zu sehen.
4. Ansprachen und Glückwünsche anlässlich des 70. Geburtstages von Dr. h. c. ERNST LEITZ, S. 61
5. Mein Mann hat, als er 1956 eine Lehre als Technischer Kaufmann bei Leitz begann, auch seine Werkzeuge selbst herstellen müssen, und er ist heute noch stolz auf seinen kleinen Schraubenzieher, der gehütet wird wie ein Augapfel.
6. Erb, W. »Die Leitz-Werke«, S. 54f
7. Ansprache und Glückwünsche im Haus Friedwart März 1941
8. Zeitzeuge: Manfred Weber

II: Elsie Leitz

1. Nass, K. O., Elsie Kühn-Leitz »Mut zur Menschlichkeit«, S. 26

III. Oskar Barnack

1. Kühn-Leitz, K. (Hrsg.) Ernst Leitz II, »Ich entscheide ...«, S. 46ff.

IV. Auf neuen Wegen

1. *Es weint in meinem Herzen*

Es weint in meinem Herzen
wie Regen auf die Stadt.
Woher der matte Schmerz,
der es durchdrungen hat?

O sanfter Ton des Regens
auf Erde und auf Dächer!
Für ein sehnendes Herz
singt der Regen.

Grundlos weint es in meinem Herzen,
das immer mehr den Mut verliert.
Wie! Keine Treulosigkeit!
Meine Trauer ist unbegründet.

Das ist gewiss der schlimmste Schmerz,
nicht zu wissen, warum
mein Herz ohne Liebe
und ohne Hass so leidet.. ©Bertram Kottram (Übersetzer)

2. Nass, K. O., a. a. O., S. 15-17
3. Nass, K. O. , a. a. O., S. 24f
4. Nass, K. O., a. a. O., S. 28
5. Als Mazdaznan wird eine Mischreligion mit zarathustrischen, christlichen und einigen hinduistischen/tantrischen Elementen bezeichnet. Vereinfacht gesagt ist Mazdaznan (ausgesprochen »Masdasnan«) eine Lebensphilosophie, die auf bewusster Atmung und Ernährung basiert.
6. Furtwängler (1886-1954) gilt als einer der bedeutendsten

Dirigenten des 20. Jahrhunderts. Ab 1922 arbeitete er als Chefdirigent des Berliner Philharmonischen Orchesters.

7. Nass, K.O., a. a. O., S. 15f

8. Nass, K.O., a. a. O., S. 31

9. Zettl, H. in »Sophie Opel – welch eine faszinierende Frau«, Dornholzhausen-Geschichte 11/20, S. 35f

V. Elsie Kühn-Leitz
Hochzeit und Familie: Fotos aus dem Archiv der Villa Friedwart

VI. Nationalsozialismus und Zweiter Weltkrieg

1. Kühn-Leitz, K. (Hrsg.) Ernst Leitz II, »Ich entscheide ...«, S.1 29f

2. Kühn-Leitz, K. (Hrsg.) Ernst Leitz II, a. a. O., S. 135

3. Kühn-Leitz, K. (Hrsg.) Ernst Leitz II, a. a. O., S. 163f

4. Nass, K. O., a. a. O., S. 44f

5. Nass, K. O., a. a. O., S. 42ff

6. Nass, K. O., a. a. O., S. 46ff

7. Ehemaliges Polizeigefängnis Klapperfeld

Das ehemalige Polizeigefängnis Klapperfeld war in den Jahren 1886 bis 2003 als Gefängnis in Betrieb. Während der Zeit des Nationalsozialismus diente es der Polizei und der Gestapo zur Inhaftierung von Verfolgten, von denen zahlreiche gefoltert und manche ermordet wurden. Viele Inhaftierte wurden von dort in verschiedene Lager oder in andere Gefängnisse verschleppt. Im obersten Stockwerk des Gefängnisses befand sich eine eigens eingerichtete »Judenabteilung«, die direkt der Gestapo unterstand.

Nach der Befreiung Frankfurts am 29. März 1945 durch US-amerikanische Truppen nutzte die amerikanische Militärregierung das weitgehend unbeschädigte Polizeigefängnis Klapperfeld. Insbesondere in den 1950er Jahren diente das Gefängnis zum Festhalten »entwichener Fürsorgehäftlinge« zwischen 14 und 18 Jahren; ab den 1980er Jahren wurde es auch als Abschiebehaftanstalt genutzt.

Im November 2003 kam es zur Schließung des Gefängnisses.
Seit August 2009 gibt es eine Dauerausstellung zur Geschichte
des Polizeigefängnisses mit dem Schwerpunkt auf dessen Nutzung
während des Nationalsozialismus. Die Dauerausstellung kann
während allen öffentlichen Veranstaltungen im ehemaligen Polizeigefängnis besucht werden. Außerdem ist sie jeden Samstag von
15.-18. Uhr geöffnet.
Adresse: Klapperfeldstr. 5 / Frankfurt am Main
8. Kühn-Leitz, K. (Hrsg.) »Ernst Leitz II«, a. a. O., S. 256
Im März 1945 kommt die letzte Nachricht aus dem Lager
Uckermark. Hedwig Palm ist verstorben.
9. Nass, K. O., a. a. O., S. 44ff
10. Nass, K. O., a. a. O., S. 49ff
11. Hedwig (Heidi) Weber, Haushälterin in Haus Friedwart seit 1928
12. Porezag K. & Spieß D., »Wetzlar 1945«, S. 16
13. Ortsteil der Gemeinde Lahnau im mittelhessischen Lahn-
Dill-Kreis ca.8 km von Wetzlar entfernt.
14. Porezag K. & Spieß D., a. a. O., S. 212, 264f
15. Porezag K. & Spieß D., a. a. O., S. 212, 253ff
16. Kühn-Leitz, K. (Hrsg.) »Ein Unternehmer mit Zivilcourage«, S. 30
17. Kühn-Leitz, K. (Hrsg.) »Vier Generationen Leitz in der
Unternehmensführung 1869-1986)«

VII. Ein Neuanfang – Die Wetzlarer Kulturgemeinschaft

1. Nass, K. O., a. a. O., S. 84ff
2. Kühn-Leitz, C., »Theater-Spiel und Wirklichkeit«, S. 19f
3. Kühn-Leitz, C., a. a. O., S. 14ff
4. Nass, K. O., a. a. O., S. 112f
5. Nass, K. O., a. a. O., S. 427f
6. Nass, K. O., a. a. O., S. 79
7. Nass, K. O., a. a. O., S. 77f
8. Archivbilder »Die Leitzwerke in Wetzlar«, S. 65

VIII. Für ein geeintes Europa

1. Illies, F., »Liebe in Zeiten des Hasses«, S. 212f, S. 260
2. Nass, K. O., a. a. O., S. 247
3. Die Kosten für diesen Besuch der Franzosen übernehmen Elsie Kühn-Leitz und ihre Brüder. Für die größeren Freundschaftsveranstaltungen müssen offizielle Stellen die Kosten tragen.
4. Zahlreiche andere Städte folgen diesem Beispiel des Partnerschaftsbündnisses und tragen so zur Verständigung der beiden Länder bei.
5. Kühn-Leitz, K. (Hrsg.), »IN MEMORIAM Dr. Elsie Kühn-Leitz« S. 35ff

Der Schwarz-Rot-Club Wetzlar e. V. (gegründet 1950)ist ein Tanzsportverein in Wetzlar, er gehört zu den zehn größten Tanzsportvereinen in Deutschland. Der Verein hat über 750 Mitglieder, davon sind etwa die Hälfte Kinder und Jugendliche. Neben dem Breitensportangebot gibt es Turniertanzgruppen in den Lateinamerikanischen-und Standard-Tänzen. Mit Ursula und Karl Breuer sowie Volker Schmidt und Ellen Jonas hat der Verein zwei mehrfache Weltmeisterpaare in seinen Reihen.

6. Nass, K. O., a. a. O., S. 312ff7
7. Inschrift: Mme. Dr. ELSIE KÜHN_LEITZ
Citoyenne d'honneur de la Ville D'Avignon   22.12.03-05.08.85

IX. Elsie Kühn-Leitz- Die Afrika-Reisende

1. Nass, K. O., a. a. O., S. 120f
2. Nass, K. O., a. a. O., S. 325
3. Nass, K. O., a. a. O., S. 329
4. Nass, K. O., a. a. O., S. 122
5. Nass, K. O., a. a. O., S. 129
6. Neukirch, S., »Mein Weg zu Albert Schweitzer«, S. 85f:
7. Nass, K. O., a. a. O., S. 130f
8. Spiegel Geschichte – Kolonialismus, Gewalt und Kriege 28.1.2016

 223

Durch einen Putsch gelangte General Joseph Désiré Mobutu 1965 an die Macht. Er errichtete unter dem Schutz der USA eine Militärdiktatur, die über 30 Jahre währte, und benannte 1971 den Kongo in Zaire um. Korruption, Ausbeutung und Gewalt trieben das Land in den Ruin.

9. Nass, K. O., a. a. O., S. 152f

10. Nass, K. O., a. a. O.,S. 228f

11. Nass, K. O., a. a. O., S. 245f

12. Nass, K. O., a. a. O., S. 203f

Mindestens eine Million Menschen, manchen Schätzungen zufolge zwei Millionen oder mehr, kamen in dem Krieg um. Maßnahmen der nigerianischen Seite wie die Verhängung einer Blockade über Biafra, die zu verbreitetem Hunger unter der Zivilbevölkerung führte, sowie diverse Übergriffe gegen Igbo-Zivilisten werden zusammen mit den Massakern von 1966 teilweise als Völkermord an den Igbo eingestuft. Die Republik Biafra bestand bis zum 15. Januar 1970 und wurde nach dem Krieg schließlich wieder in Nigeria eingegliedert.

13. Animisten glauben, dass lebende Wesen ebenso wie unbelebte Objekte eine Seele besitzen.

14. Nass, K. O., a. a. O., S. 209 ff

15. Übersetzung: Refrain, 1. Strophe

Zupft eure Koras, trommelt die Balafone.

Der rote Löwe hat gebrüllt.

Der Herr des Busches

schwingt sich empor im Sprung

die Dunkelheit vertreibend.

Es scheine Sonne auf unsere Angst

und Sonne auf unsere Hoffnung

Kora > eine Art Harfe mit16 oder 32 Saiten

Balafon > westafrikanisches Xylophon

Refrain > 1. Strophe

16. Nass, K. O., a. a. O., S. 209 ff

17. Senghor liest und spricht Deutsch. Er war während des Zweiten Weltkriegs 20 Monate in deutscher Gefangenschaft.

X. Die letzten Jahre

1. Nass, K. O., a. a. O., S. 419f
2. Nass, K. O., a. a. O., S. 427f
3. Nass, K. O., a. a. O., S. 429
4. Nass, K. O., a. a. O., S. 433
5. Nas, K. O. , a. a. O., S. 438ff

QUELLENVERZEICHNIS

»Öffne ein Buch und es wird dir nützen.« Chinesisches Sprichwort
»Öffne ein Buch und es wird dich entführen.« Heide-Renate Döringer

Beck, Rolf »Die Leitz-Werke in Wetzlar«, Die Reihe Archivbilder
Sutton Verlag GmbH, Erfurt, 1999
Erb, Willi »Die Leitz-Werke-Optische Werke Wetzlar«
Ihre Geschichte und ihre Bedeutung für den Wetzlarer Raum
Herder & Co. GmbH, Freiburg im Breisgau, 1956.
Flender, Herbert & Scharfscheer, Gerd »Wetzlarer Stadtchronik«
Wetzlardruck GmbH, Wetzlar 1980
Fritz, Gerion »Im Anfang war das Volk – Deutsch-Französische
Gesellschaften und Städtepartnerschaften«
Podszun Verlag, Brilon, 2015
Illies, Florian »Liebe in Zeiten des Hasses«
S. Fischer Verlag GmbH, Frankfurt am Main, 2021
Jung, Irene »Wetzlarer Frauen im 20. Jahrhundert«
Magistrat der Stadt Wetzlar, 2008
Jung, Irene »Wetzlar – Eine kleine Stadtgeschichte«
Sutton Verlag GmbH, Erfurt, 2010

Kienzle, Ulrike »Eine Europäerin von Format – Elsie Kühn-Leitz und ihr Wirken für die Wetzlarer Kulturgemeinschaft« Vortrag in Wetzlar, am 26.08.2021

Kühn-Leitz, Cornelia »Theater-Spiel und Wirklichkeit« Centaurus Verlag, Herbolzheim, 2007

Kühn-Leitz, Knut Dr. »In Memoriam Dr. h. c. Ernst Leitz II« Herausgeber Dr. Knut Kühn-Leitz, Wetzlar, 2006

Kühn-Leitz, Knut Dr. (Hrsg,) »Ernst Leitz-Ein Unternehmer mit Zivilcourage in der Zeit des Nationalsozialismus« CoCon-Verlag, Hanau, 2008

Kühn-Leitz, Knut Dr. (Hrsg.) »Ernst Leitz I vom Mechanicus zum Unternehmer von Weltruf« Verlag Lindemanns, Stuttgart, 2010

Kühn-Leitz, Knut Dr. (Hrsg.) »Ernst Leitz II – Ich entscheide hiermit: Es wird riskiert.« HEEL Verlag GmbH, Königswinter, 2014

Kühn-Leitz, Knut Dr. (Hrsg.) »In Memoriam Dr. Elsie Kühn-Leitz« Wetzlar, 2015

Lüpkes, Sandra »Die Schule am Meer« Rowohlt Verlag, GmbH, Hamburg, 2022

Mehdorn, Margarete »Französische Kultur in der Bundesrepublik Deutschland« Böhlau Verlag, Köln Weimar Wien, 2009

Nass, Klaus-Otto (Hrsg.) »Elsie Kühn-Leitz – Mut zur Menschlichkeit« Europa Union Verlag GmbH, Bonn, 1994

Neukirch, Siegfried »Mein Weg zu Albert Schweitzer« Eine Autobiographie, Im Selbstverlag, Freiburg im Breisgau 2005

Obermann, Nils Ole »Albert Schweitzer – Eine Biographie« C. H. Beck Verlag, München 2009

Pierhal, Jean »Albert Schweitzer – Das Leben eines guten Menschen« Kindler Verlag

Porezag, Karsten (Hrsg) »Wetzlar – Porträt einer liebenswerten Stadt«
Wetzlardruck GmbH, 2004
Porezag, Karsten & Spieß, Diether »Wetzlar 1945«
Wetzlardruck GmbH, 1995
Schweitzer, Albert »Aus meiner Kindheit und Jugendzeit«
Verlag C.H. Beck, München, 1991
Senghor, Léopold Sédar »Botschaft und Anruf« Gedichte
Peter Hammer Verlag, Wuppertal 2006
Sieburg, Friedrich »Gott in Frankreich?«
Frankfurter Societäts-Druckerei GmbH., 1927 und 1954

Smith, Frank Dabba «elsie's war – a story of courage in nazi germany«
Francis Lincoln Limited, 4 Torriano Mews, Torriano Avenue,
London, 2003

Alle Familienbilder wurden mit freundlicher Unterstützung der
Ernst Leitz Stiftung zur Verfügung gestellt. Auch die Familienbilder
aus den Veröffentlichungen von Ernst Michael Leitz werden jetzt
von der Stiftung verwaltet.

Nachwort

*F*rau Dr. Elsie Kühn-Leitz, emanzipierte Tochter aus angesehenem Hause in Wetzlar, weckte als Beispiel starker Frauen mein Interesse, und so machte ich mich zur Recherche auf in eine Stadt, die mir seit vielen Jahren vertraut ist. Noch wusste ich nicht, in welch ein erstaunliches, höchst abwechslungsreiches Leben ich eintauchen würde, aber ich war sicher, dass ich am Ort der berühmten Leitz-Werke Unterstützung finden könnte.

Einen perfekten Einstieg in das Thema bot ein Besuch im Haus Friedwart, denn Dr. Elsie Kühn-Leitz hatte das gesamte Anwesen im Jahre 1974 als schutzwürdiges Objekt in die Denkmalliste des Landes Hessen eintragen lassen, und so ist es heute noch möglich, alle repräsentativen Räume und die großzügige Gartenanlage zu besuchen. Die Stadtführerin Gerhild Seibert, eine gebürtige Wetzlarerin, verstand es, die wechselhafte Geschichte dieses bedeutenden Hauses lebendig werden zu lassen.

Ein Glücksfall war für mich, dass enge Familienmitglieder, die Elsie Kühn-Leitz noch kannten, mir stets unterstützend zur Seite standen und wichtige Materialien zur Verfügung stellten. In Wetzlar lebt Ernst Michael Leitz, ein Neffe von Frau Kühn-Leitz, im Laufdorfer Weg, genau gegenüber Haus Friedwart. Von ihm stammen zahlreiche Dokumente und Anmerkungen zum Leben in Haus Friedwart im letzten Jahrhundert. Mein Mann und ich trafen Herrn Ernst Michael Leitz zweimal in Wetzlar und wanderten mit ihm auf den Spuren von Elsie. Er führte uns auch persönlich durch die Ausstellung »WIR LEITZIANER – Die ersten 100 Jahre« und begleitete uns zur Enthüllung der Gedenktafeln bei den ehemaligen Fremdarbeiterbaracken. Von ihm erfuhren wir auch, dass er selbst mit seiner Familie nach dem Krieg in den Bestandteilen einer dieser Baracken lebte. Da die Amerikaner am Kriegsende ihr Haus beschlagnahmt hatten, fanden seine Eltern und ihre beiden Töchter zusammen mit zahlreichen anderen Familien zunächst Zuflucht im Haus Friedwart. Ein weiteres Kind war unterwegs, und so ließen seine Eltern auf einem brachliegenden Grundstück gegenüber von Haus Friedwart ein sehr bescheidenes Behelfsheim aus Teilen einer ehemaligen Baracke errichten.

Dr. Oliver Nass, Vorsitzender der Ernst Leitz Stiftung, ist ein Enkel von Elsie Kühn-Leitz. Seine Mutter Cornelia Kühn-Leitz reiste mit nach Afrika, und sein Vater Klaus Otto Nass ist der Verfasser des hier so oft zitierten Buches *Elsie Kühn-Leitz – Mut zur Menschlichkeit*. Dr. Oliver Nass lebt mit seiner Familie in Paris, hat aber eine enge Bindung zu Wetzlar und ist als Vorsitzender der Stiftung in alle relevanten Veranstaltungen eingebunden. Er kann sich noch gut an seine Großmutter erinnern und bot sofort seine Hilfe für die Recherche an, die ich gerne annahm. Zahlreiche Fotos, Artikel und Hinweise kamen von Dr. Oliver Nass, sowie Unterlagen aus dem Archiv der Leitz-Stiftung, die dem Manuskript Authentizität verleihen.

Dieter Ramharter, ein eingeheiratetes Familienmitglied und Freund meines Mannes, stellte für mich die Verbindung zu den vorgenannten Herren her. Frau Sonja Osterloh betreut heute das Archiv in Haus Friedwart, und sie konnte mir alle relevanten Fragen beantworten und gewünschte Fotos übermitteln.

Als Zeitzeuge meldete sich der Wetzlarer Bürger Manfred Weber, der aus früheren Zeiten berichtete, alte Zeitungsartikel beisteuerte und gerne als Fotograf in der Stadt unterwegs war. Günther Weiß, ein ehemaliger Schüler des Goethe-Gymnasiums, erzählte begeistert von der Städtepartnerschaft mit Avignon und stiftete aus späteren Jahren das Programm eines Konzertes im Haus Friedwart. Lothar Franz, ein gebürtiger Wetzlarer, überließ mir einen Teil seiner themenbezogenen Literatur und erteilte guten Rat. Eine ganz besondere Hilfe war Bernd Lindenthal, Mitglied des Geschichtsvereins Wetzlar, der kenntnisreich und akribisch das Manuskript durchsah und mit mir telefonisch konferierte – ein wahres Vergnügen.

Meine französische Freundin Brigitte Stürmer besorgte die Unterlagen aus Avignon, und mein Sohn Hendrik Döringer besuchte die Partnerstadt, wo er die RUE ELSIE KÜHN-LEITZ in einem heute etwas vernachlässigten Viertel fand.

Mein Mann, Heinz-Otto Döringer, und meine Jugendfreundin, Professor Heike Doane aus Amerika, waren bewährte Weggefährten. Frau Beate Horlemann übernahm gerne das Lektorat, und die Graphik-Designerin Christina Eretier gestaltete gekonnt das Manuskript und sorgte für den Druck. So ist letztendlich unter Mithilfe vieler das facettenreiche Lebensbild einer außergewöhnlichen Frau entstanden.

Allen danke ich von Herzen!

 230

*H*eide-Renate Döringer, Dr. phil., ist promovierte Linguistin und Poesiepädagogin. Sie unterrichtete während vieler Jahre Deutsch und Englisch an der Frankfurt International School in Oberursel im Taunus und lehrte im Jahre 2008 ein Semester als Gastprofessorin an einer Sprachuniversität in Xi'an/China. Die Begegnung mit Menschen verschiedener Nationalitäten hat sie stets fasziniert und dazu inspiriert, die Welt zu erkunden. Bis 2020 war der Schwerpunkt ihrer Publikationen China. Veröffentlichungen zu diesem Thema:

»Der Himmel liebt Menschen, die gerne essen« Eine kulinarische Reise durch China mit Gerichten und ihren Geschichten
Horlemann Verlag, 2009
»Himmlische Mächte und irdische Feste« Durch das chinesische Mondjahr mit Mythen, Märchen und Legenden
Horlemann Verlag, 2011
»Seide« – Gesponnene Geschichten entlang der Seidenstraße,
BoD Norderstedt, 2013
»Chinesische Drachen« Mythen-Märchen-Legenden aus dem Reich der Mitte
BoD Norderstedt, 2015
»Der erste Kaiser von China« Mythen-Märchen und Legenden um den sagenumwobenen Qin Shihuangdi
BoD Norderstedt, 2016
»CIXI Die letzte Herrscherin auf dem chinesischen Drachenthron«
Lebensbild einer außergewöhnlichen Frau
BoD Norderstedt, 2018

»WU ZETIAN *Der einzige weibliche Kaiser auf dem Drachenthron*«
Edition Pauer, Kelkheim, 2020
»*Emily Mickey Hahn – Abenteuerin – Pionierin – Weltbürgerin*«
BoD Norderstedt, 2020

Pandemie bedingt beschränken sich die Recherchen nun auf die
nähere Umgebung, in der sich ebenfalls interessante Themen finden:

»*FORTUNE Marie Hensel-Blanc – Ein Leben zwischen Friedrichs-
dorf im Taunus und Monte Carlo in Monaco*«
BoD Norderstedt, 2021
»*ELIZABETH Landgräfin von Hessen-Homburg – Eine englisch-
deutsche Geschichte*«
BoD Norderstedt, 2021
»*M'Adam Opel – Lebensbild der Sophie Marie Opel, geborene
Scheller*«
BoD Norderstedt, 2022
»*Ottilie W. Roederstein & Elisabeth H. Winterhalter – Unerschrockene
Weggefährtinnen und Kämpferinnen auf dem Weg in die Freiheit*«
BoD Norderstedt, 2022